有荷居小语

张莹／著

陕西新华出版传媒集团
太白文艺出版社·西安

图书在版编目（CIP）数据

有荷居小语／张莹著．-- 西安：太白文艺出版社，2022.1（2023.1重印）
ISBN 978-7-5513-2054-2

Ⅰ．①有… Ⅱ．①张… Ⅲ．①散文集－中国－当代 Ⅳ．①I267

中国版本图书馆CIP数据核字(2022)第011954号

有荷居小语
YOU HE JU XIAOYU

作　　者	张　莹
责任编辑	史　婷
封面设计	杨金霞
版式设计	卢江龙
出版发行	陕西新华出版传媒集团 太 白 文 艺 出 版 社
经　　销	新华书店
印　　刷	三河市同力彩印有限公司
开　　本	787mm×1092mm　1/16
字　　数	170千字
印　　张	11.25
版　　次	2022年1月第1版
印　　次	2023年1月第2次印刷
书　　号	ISBN 978-7-5513-2054-2
定　　价	88.00元

版权所有　翻印必究
如有印装质量问题，可寄出版社印制部调换
联系电话：029-81206800
出版社地址：西安市曲江新区登高路1388号（邮编：710061）
营销中心电话：029-87277748　029-87217872

习作

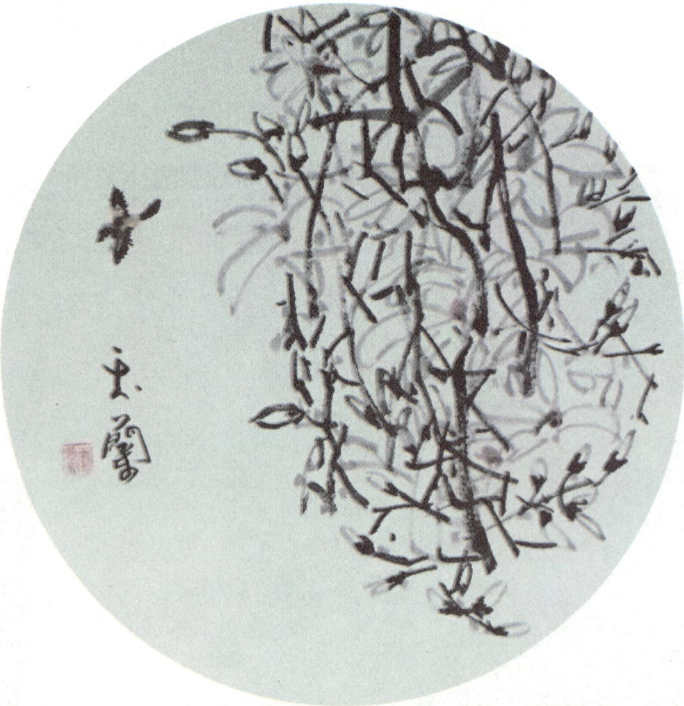

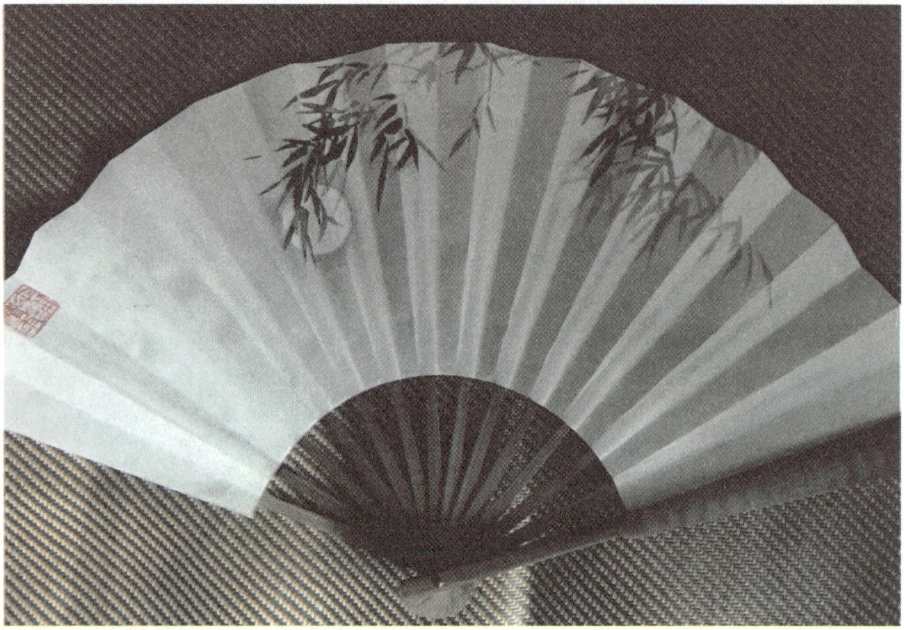

清海家快道　丙申夏曰

临摹的画

苏绣

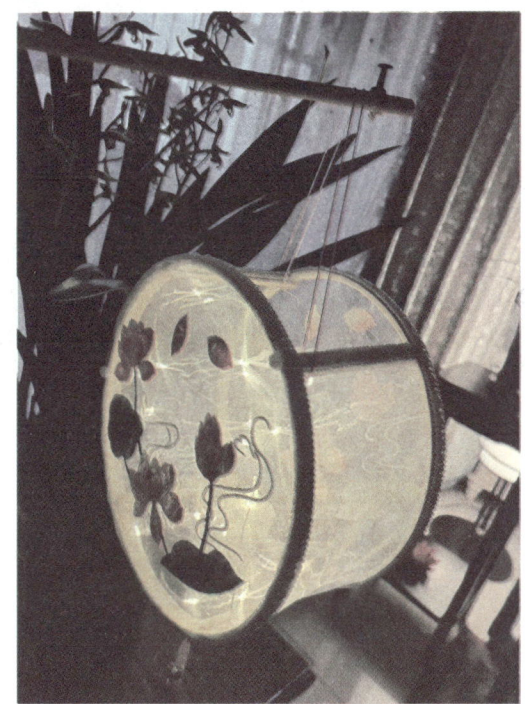

手工灯笼

雅集

腹有诗书气自华

——序张莹文集《有荷居小语》

杨焕亭

我自来到这座文化积淀深厚的城市,从事评论写作也有将近三十年了。然而,当我读罢朋友转来的张莹女士的文稿,他们邀我写一点文字后,便第一次想到要以这句诗作为题目。实在是因为作者的博览与多思、情感与文采,让我欣喜地感受到在这个"读图"的年月,竟然有如此"雨余窗竹图书润,风过瓶梅笔砚香",如此"我闭南楼看道书,幽帘清寂在仙居",如此"书卷多情似故人,晨昏忧乐每相亲",与书相伴、与琴为友的知识女性。于是,便为从那些温润、雅致的文字中闻到缕缕书香而有了一种"稇载而归"的惬意。

生于清道光年间的刘绎诗云:"博览古人期自得,盱衡世事欲如何?"张莹女士是一位大夫,也许这样的经历,培养了她对中国传统文化的钟爱,她孜孜不绝地从中外经典中汲取智慧,获得力量。读她的文字,无论是面对一件旧物的遐思渺渺,抑或是邂逅旧友时的忆往思来;无论是听大师们谈文论艺,抑或是陪伴孩子漫步书林时寻珍探芳,总会

✻ 有荷居小语

有书香从文字深处婷婷袅袅飘散出来，沁人心脾。从静夜书房中对红学大师周汝昌人格的礼赞，到坐在听者群中体味琢磨书家吴振锋的书道渊源；从对于"中医"哲学思维的探秘，到对中西绘画精神的比较，处处留下"我在我思"的笔迹墨痕。那绝不是蜻蜓点水的浅尝辄止，而是精意覃思。每论必有因会，每说必有"发明"，时时有亮点引人注目，且娓娓道来，笔随意走，绝无故作高深的拿腔捏调，读来如坐春风。在我看来，这才是真正的读书精神。它对于疗治当下某些人的浮躁和浅薄，不啻一剂良药。

读书的人生，必是诗意的人生。清朝乾嘉时代的诗人袁枚说："所谓诗人者，非必能吟诗也。果能胸境超脱，相对温雅，虽一字不识，真诗人矣。"张莹就是这样一位把生活读成诗，把生命读成诗的作家。她从眼前"这个小站，竟还是三十年前的模样"穿越岁月帘幕，回到当年"那棵树，仿佛看到那棵树下的妈妈永远在等我，旁边是她那辆二八自行车"的旧时风景，从而对"她都默默忍受着，因为只有这两个季节我才回来，她才能接到她的女儿"的母爱有了一种人性的体悟。作家认为，"对于我，味最浓时是故乡，永远是：古宅构建今安在，三原夕阳斜"。乡情如酒，正是人之所以为人的"类"存在。而所有的艺术，只有提升到文化的层面时，才真正具有了诗的意味。于是，"'尚中'和'中和'是中医的'中'的真正会意，充满强大生命活力的瑰宝用实践证明了它的实用性，历经先秦、秦、汉……就如诗歌，不过是几个汉字的重组，但，可以疗伤，可以群，可以怨……"于是，"短短的生命历程，看到心仪的文字往往会欣欣然"；"这一座静静的'咸阳图书馆'，也将会成为小儿童年最喜悦的一扇彩页"；"如果去广州，第一个拥抱的一定是陈氏书院，而不是小蛮腰"。海德格尔说："人，诗意的栖居。"有书的日子，就是诗意的日子。不仅在于诗意是生命存在的方式，更在于它是一种完成"思"的过程，一种走向澄明之境的步履，一种生命绽出的绚烂。

张莹的散文随笔，透着知识女性的细腻和静雅。她的文字，十分注

有荷居小语

意对于细节的发现和质感的描写。当她审美的目光扫描廊桥的长虹卧波、雕梁画栋时,情动于心地写道:"一桥堆烟锁千秋,渭渭渭水只东流。轻叹从此无人渡,古雨今听声啾啾。走到桥南,缓缓下到一楼,很欣喜地看到,映入眼帘的两首古诗和壁画,一忧一喜,静静地在那儿,很养眼,一是《渭城曲》,一是《咸阳值雨》,从二楼到一楼,就仿佛从秦汉落入大唐,忽然便有了唐朝的暖意和热情。"诗情画意,跃然纸上。更为可贵的是,她那种超越现实的"思接千载",不但从二楼的秦汉建筑读出了"空旷、冰冷、隔离、等级",更从一楼读出了"唐朝的暖意",在我所阅读过的关于廊桥的散文中,像这样极具个性文化审美目光的还不多。而这一切,显然源于作家对美学理论的涉猎和咀嚼。

张莹的散文随笔,知识含量丰富,信息密集。中外名人箴言睿语,信手拈来,从中不难看出作者的知识积累。

祝愿张莹文集早日问世!

2021 年 5 月 17 日于咸阳

(本文作者系中国作家协会会员、咸阳师范学院兼职教授、陕西工业职业学院客座教授,咸阳市作家协会原主席)

有荷居小语

自　　序

　　每一种事物都是有起有落的。当微信普遍成为交流工具时，闲暇也偶然发一些文字，它陪伴、温暖了我一些清冷浮躁的岁月；当朋友圈渐行渐远的时候，就像一个人童年的远去，我很想留住那些记忆，以旧的形式：书籍。感觉文字落在纸上是安全的，有温度的，宁静的，治愈的。

　　在生活的某些节点上，人都不免流俗。俗，也是雅。有时，人生就是：在静谧的清晨，读一本沁心的闲书；在飘雨的日子里，陪一杯暖暖的茗茶；在一点点文字的牵绊里沉淀、超脱。记得最初的样子，在深冬的雪夜，看一只白狐，消失在寂寂的寒林……现今，冬季已不再落雪。有荷居乃余栖息之小巢，文字则为十年间偶得之感悟，因终日忙碌，故常常与古为徒，兴寄丝桐，于呼吸之间得些趣味。

　　关于书名，就叫它《有荷居小语》吧。一来，我是农历六月出生的，也就是古人讲的荷月。"荷"与"月"这两个汉字都是清灵的，我也非常喜欢荷以及关于荷的文化符号，每日抚琴的摆件就是粉红色瓷质的荷；再者，有一枚闲章，石材是那年在天津海河西岸的古文化街游玩时买的，可说是一见钟情：石头是红白相间的寿山石，侧面刻了一株亭

❋ 有荷居小语

亭的荷，墨色线刻，石材的形状像一座小山，底部刚好能刻三个很微观的字，机缘和合，字是魏杰老师的作品"有荷居"，散漫飘逸的个性和稳重端庄的古典味，与篆书的形式巧妙地结合在一起，让人顿生静意。

  先秦诸子的文章志在天下，唐人气象自是沾染了前贤的风采，宋人文章已经常言一寺一院，连绘画都是精致典雅的工笔小写意，那一山一水的宁静，明人又次之——文在一斋一室的吟诵和陶醉。今天的我，只能是杂乱无章地书写一些臆念，极力寻找一点清凉，尽力追寻一点文人的斯文。文字是我终极一生的喜爱，自然而然就想应该把文字集结成一个小册子，且书名一定是关于荷的，愿淡淡小语为读它的人带去一霎凉意，也是虚尘中的一份缘，灵魂的。

2021 年 5 月 7 日于有荷居

有荷居小语 ✽

目 录
contents

山 / 001
兰溪遗民 / 003
但借清阴一霎凉 / 006
渭水无弦 / 008
手工 / 010
三原火车站 / 012
胡抗美的书法课 / 014
疏帘淡月 / 017
古声无味 / 019
寂寂故园心 / 021
两个陕西人 / 023
拂了一身还满 / 025
纸花 / 027
创新港有感 / 030
绣雨 / 031
一扇彩页 / 033
天趣 / 035
枇杷和枇杷膏 / 037

蛰居的日子 / 039

只是想想 / 041

悔晚斋·才子 / 043

雅客 / 045

童年偶忆 / 047

良宵 / 049

秋天的一天 / 051

天之津门 / 053

锡兰印象 / 057

广州站 / 060

一点哲学 / 062

笔墨汉印 / 064

孤独的诗 / 066

几本闲书 / 068

桐音承承 / 070

独具只眼 / 072

傍晚时分 / 075

洛阳印象 / 077

一叶茶色 / 079

湖，可观 / 081

止语·臆语 / 083

青瓷 / 085

解味人 / 090

立冬 / 092

最喜欢——喜欢 / 093

英声留声 / 095

观石齐画展有感 / 097

做个锦囊过节 / 099

臆语零星 / 101

雨色 / 103

静美的院子 / 105

一条围巾 / 107

小屋 / 109

武康路 / 111

薄荷 / 113

廊桥漫思 / 114

琼花 / 116

还是谈琴 / 118

南窗无新雨 / 120

粉色的感觉 / 122

无处可逃 / 124

逸逸清兰 / 126

素帘 / 128

屏荷 / 130

谈一谈琴 / 132

咸阳湖看雪 / 134

雨中植莲 / 135

泠泠不关情 / 138

初冬 / 139

一半一半 / 141

作秀 / 143

咸阳古渡有感 / 145

曲高不和寡 / 147

清欢 / 149

桂 / 151

古街 / 153

有荷居小语

中五台随想 / 155
仙山有琴 / 158
一院"诗" / 162

后记 / 165

有荷居小语 ✽

山

车至半山屋前,望着那高高的门槛,瞬间仿佛回溯时光。多年前的冬天,下着大雪,送出嫁的妹妹于此,那红红的温暖的木炭盆,土墙石瓦,屋后的疏竹……一切仿佛按了休止符,只是多了一个加工烤烟的小屋。

曰山曰水,原来,我是如此喜欢大山,它是那么简单、纯洁、平静而丰富。描述它,想尽量用一些朴素的词儿。下午,告别门前的麦田、槐花、嫩嫩的葡萄枝叶、红红的樱桃树,往更深处走一走。它自然地存在,你世俗地来。没有歌声,只是鸟鸣;没有车声,飘着细雨,落雨的声音敲在人的心上,幽远宁静。诸如尔雅,墨园,疏影,清浅……这些汉字在如此寂静的世界里都稍稍地染上了风尘。行走着,没有孤独,只有舒心和自在,空气是湿润的,有一种真切轻灵的湿透的味儿,泥土的芳香,野花迷人的馨香,没有什么高墙,乱花漫了山崖和藤蔓。雨中望山,远远地出现了几团白云,衬着青翠的山峦,停在半山腰,慢慢地变幻着身姿,像传说中的仙子,飘来飘去,自在无形。有些词,见了才能体会,正如此刻的"云卷云舒"。此刻,纵是有一床在弹奏的千年古琴,音色深沉而悠远,都显得多余了……

✽ 有荷居小语

一路往山的更高处,许多知名和未名的花草,各有特色,各自欢喜灿烂着,无忧无虑。瞧:那接近人间的、最俏皮的、色艳欲滴的红红的五味子花,像梅花一样漂亮,还有它青青的叶儿,散发着好闻的气息。一株一株的植物,没有依附,没有化蝶的美丽爱情,更没有思念,因为它们本身就是一种思念。人所苦苦追寻的天人合一,自古就在那儿,那么自然,那么真实,无须去创造,也无须去发现。还有那随处悬挂的小小白花,一团一片一枝,或开或落,都是那么娴雅,花如此之闲,落英如此之美,自由而无伤感,不问生死。而这于我们来说,就是生与死。在时间的长河里,你或长或短地存在,看它开观它落。清风和细雨,让人无故地想起古人的远游。浪漫的李白,现实的杜甫,在我看来都不如今人叶广芩女士的自然,她久居秦岭深处时,酝酿了一些文字,关于山,关于水,关于鸟,关于兽,却没有人。没有人,山水才是山水。

身闲二日,终是奢侈的。返程时,第一次见到如伞的魔芋,紫色的,婷婷地生在疏林下,伴着不远处那个熟悉的小屋,尽添了人间的味。

2015年5月9日于镇安

兰溪遗民

徐云鹤，苏州松盦的主人，我的好友，昨儿给我寄了他的诗盒，我心里已经很温暖了，没想到还赠送了一片写兰和一首诗 。最感慨那句：“最是心香难邂逅，犹能画笔尽风华——吴郡松盦徐云鹤于天放楼言之。”这是他题兰诗的第十二首。我挑了一些他的兰花诗，抄写一遍，日子就更是淡然了。

他，从不抄写唐诗宋词，但他就那样温雅地、缓缓地从唐诗宋词里走来，从明朝的兰溪走到东吴，停留在那个咸丰年间的苏式老宅——松盦。喜欢他的人写尽了文字，也无法全然表达自己的喜欢，只能慢慢欣赏。有的欣赏是浅浅的，我的欣赏是仰望的，有时，仰望也是一种享受。他的朋友圈，每天都发，有时发几次，就像一片原始森林，无穷

有荷居小语

无尽，诗、书、画、印、琴、文房四宝……他可以三天写几十首诗，也看不到故作的高傲和严肃，自带一份亲切。做人做到了极致，应该就是这样的吧。他的天放楼也是苏州文化的极致存在。他的题跋，他的写兰，他的颖拓，他的琴铭，他的书法，他的诗，他的兰花，他的书……在当今存世的中国文人中，能守一方净土，倾尽一生，极力保留传统的文化人，无出其右。而且，诗词文赋，书画琴兰……无一不精，诗文随手拈来，不忧不怨，不急不躁，尤其是恪守"小"，不做大型的展览体。一卷在手，尽是清风明月。可能我本人不喜欢那些高大上吧……若一幅巨大的画挂在眼前，只觉一身的浮躁之气，一股说不清的疲惫感。他的气质里有老一辈文人的纯真和纯净，没有肤浅的傲气，有的只是傲骨和中国人喜欢的谦和。"清高花上露，谁复是知音？"他画的兰花册，有全国数百友人为其题兰花诗；他的松盦，庭院深深，芝兰幽幽。想一想，到底是什么让人感动？不说他有启功的亲切，至少像极了启功的温和；不说他有叶名佩的自然而然，至少像极了她的聪慧和淡然。

有荷居小语

  他的那些你叫不上名字的和那些如雷贯耳的名字的老师都成了他的一部分，苏州的许多角落留下了他的诗句和文字，他成了苏州不得不说的文人。他穷极一生，用智慧勤奋和执着，在和生活妥协的前提下，把传统文化完整地继承下来，让我们有幸看到古人的生活方式、情怀、信仰，包括诗盒这样唯美的存在。对于我而言，感动我的是他的诗心，他的文字，看他的朋友圈，也是一种治愈。古琴减字谱《泣颜回》是他今天的朋友圈，因为关于琴人琴谱，所以我都收藏了，于万丈红尘中饮一杯吴门清酒。真是：

    猗兰无色，
    幽幽飞墨。
    彬彬云鹤，
    松盒流泽。

2021 年 3 月 8 日于有荷居

但借清阴一霎凉

　　《天涯晚笛》,苏炜著。是2013年秋我在汉唐书城买的一本闲书,略略读过,近日重温,方细细读了一遍,今天算看完了,感触又深了一层。早先了解张兆和多些,今日方知充和却也如此精致、清雅、散淡。四姊妹中,她尤其合我胃口。"但借清阴一霎凉""十分冷淡存知己,一曲微茫度此生"。她的一床名为"寒泉"的宋代古琴,那"五百年一断纹"的标记。"古声淡无味,不称今人情。"此孤清之物伴着她清微淡远的一生。她收藏的程君房制的古墨,形制很别致,定名极古雅,通体漆衣,晶莹如玉,墨面精湛无比,除了用点碎墨,谁又会舍得用它呢?但她舍得,她用的笔、墨、纸都是最好的,为了写小楷,几支笔不惜在日本购买。她唯一集结成书的诗集是《桃花鱼》,仅收诗十八首,书的封面是樱桃木薄板精制,每一页的白底黑字外都配有或朱红或淡彩水印的印章、闲章,似有兰菊之香。喜欢她的小令"愿为波底蝶,随意到天涯""松球满地任君取,但借清阴一霎凉"。

　　她是"曲人",喜欢昆曲的安静,不喜欢京戏的热闹,昆曲和京戏,就像古琴和古筝。她说不喜欢林徽因,嫌她话多且不给别人说话的机会,倒是喜欢陆小曼,说她温雅,话不多。一瞬间把林徽因在我心中的美好改变了些。我喜欢林的名字，徽因，听起来就是温雅的女儿家，也喜欢她的文字，若真的在现实中不停地说话，倒是我不太喜欢的。常常夜里习字或画画时，总喜欢听几曲古琴，听惯了，再听别的任何音乐都觉得闹。虽不懂古琴谱，但琴音天生的"清""孤"，总是很贴合心情，无论什么曲子，只要是古琴发出的，心境自然地就澄明起来。我没有古琴，不会抚弄，但心里早就是一个"琴人"了，也明白平凹不会抚琴却置了一床琴在书房。他那床琴是涤玉阁定制的，我也去过城市东边的涤玉阁，看工人斫琴，墙上也挂满了做好的一床床古琴，很亲切，二楼门口走廊上悬挂的一串串葫芦也能看出主人的一种寄托和漫过高山流水的琴音。

　　张充和是一个非常爱惜羽毛的人，不在乎外在虚名，一生都是可以入书入画的，文中的谈话方式更贴近历史，所有的绵远悠长，在空疏素淡中缓缓道来……引作者一句话："如果说大时代、大史诗的故事是一幅画上的真山真水，张充和，就是山水云烟间的'留白'。"

2014年5月13日于咸阳

✵ 有荷居小语

渭水无弦

　　上周和儿子去了文庙看秦汉铜镜展，这个木牌楼是城隍庙的牌楼迁建过来的，全木拱式结构，木雕精细，这儿是咸阳博物馆，是在文庙的基础上建的，它本身就是一件文物。自从喜欢了琴，看到夫子庙感觉也不同了，也就想到了琴，琴式中最喜欢的是仲尼式，它简洁、素朴，恰恰我的那张也是仲尼式。宋代始，仲尼式便兴盛起来，它纤细，形制流畅，音域宽广，音色明亮，中正平和。"天不生仲尼，万古如长夜"。

　　赏一盆菊或者一株兰的开放，是一种心境，而漫无目的地咀嚼关于菊花兰花梅花的古诗，仿佛更有意思，就如同身在美景中是一种惬意，观看一幅画中之景是更深层次的惬意一样，听琴、抚琴是一种舒缓，品读琴学的文字仿佛更有味道。我喜欢散文的样子，没有条理的述说，仿佛一种存世的清寂。初涉古琴时，知道的是"清、微、淡、远"。虞山派的严澂在他的琴川河畔复兴了古老的鼓琴传统，沿袭古典的旋律，强调它的独奏性，爱惜每一个音独特的色调，重视强弱的恰当，在节奏和装饰音上，它强调前者。而广陵派坚持后者，甚至活泼地去打破曲子的节奏。浙派主张"去文以存勾剔"的独奏特点，追求"希声"境界。

蜀派留存了唐代的技法，可能因为琴常用来合奏或者伴奏人声，它的琴谱上常常有和弦，充满了器乐的味道。

"古乐废，而琴独存。"随着曹柔的减字谱，流派产生了，所有流派都是南宋末年以来，随着文化经济的南移而产生的。在这些流派之前，那些源泉，那些个人独特的风采，唐时代的长安，颜师古把东晋桓伊的笛曲《梅花》移植为古琴曲《梅花三弄》，成为千古名曲，《渭滨吟》《古风操》……所有的流派之前的样子，尽在古长安的春秋之中，在古琴的发源地咸阳，或许此刻正慢慢从沉睡中醒来。渭水无弦，凤凰有音。

2020年9月6日于咸阳

❋ 有荷居小语

手　工

　　零星碎墨皆堪念，琅嬛美文一瓣香。那年学画鸟，总是喜欢画一只落在枝头，一只，也是一种景。有些风景不是记不住了，是风景变了，心也要变。如果你是诗人，却无法过诗意的生活，那一定要试着做散文家；如果连散文的日子也过不了，就把梦留在心里，过过杂文般的日子也是一种惬意。闲了就歇息在一亩三分地里，感受点日子的悠闲。

　　一个手艺人，镇安的，每每农闲时，确切地说是春节前后，总要手工做十几把民间传统的铜壶。今儿妹夫来了，当然还带了一把他老家的铜壶。很美，但壶嘴那儿有点粗糙，让人感觉它确实是手工的，比不得机器制作的那些精致。对于我，真的除了好看，几乎没有什么用处——沏茶吧，不合适；温酒吧，又不善饮。记得小时候，每每傍晚奶奶要满满斟一小杯白酒，慢慢啜一下，停好久，眼神幽远，远得不知道她到底在想什么，直到奶奶饮完，约莫得一顿饭的工夫。妹夫说等下一个春节再给我送两个杯子，因为今年没能赶上，都出手了。

　　我想能让人心灵安宁的除了爱、信仰，还有故乡。像我这个年龄的人，即使小时候家里没有使用过，怕也是在酒席间见过各式酒杯。或许因此，我也应该饮点小酒，否则将来儿女拿什么画面思念我呢？怕是生生地要营造一个品酒声里斜阳暮的气氛？且把铜壶闲置一阵子吧，毕竟，花径不常扫，对面也没有一个可以默默饮酒而氛围不尴尬的人，也许有一天，独对空窗，酒也可饮。而且总觉得铜壶是男人使用的物件儿。但不使用，不代表它没用，至少，它让我欢喜了一个下午，且想起来也是一个充满了爱意的东西。

手工，的确是一个温雅的存在。

2015年3月19日于有荷居

三原火车站

　　昨天在楼下的淘淘乐书店买了几本书，其中林散之的这本我非常喜爱，只读了一页，就和姨的小儿回了趟老家县城。小事安顿后，他问："姐，想不想去看看城隍庙？"我说城隍庙去了很多次了，倒想去看看火车站，那个曾经无数次送我离开故乡又接我回来的火车站……想象中应该是面目全非了吧。但是，看到它的一瞬间，结了茧的心突然变得非常柔软，心里是极其诧异的，惊喜的，感动的：时光仿佛凝固在了这个小站，小站竟还是三十年前的模样！查了查，是1940年12月所建。那棵树也还在，仿佛看到那棵树下的妈妈永远在等我，旁边是她那辆二八自行车。那时通信不方便，得提前十几天写信告诉她我乘坐哪一列火车几点到站，车常常会晚点，而妈妈常常是提前一个小时就到了，冬天刺骨的冷和夏天原始的火辣辣的干燥的热，她都默默忍受着，只有这两个季节我才回来，她才能接到她的女儿。

　　那面墙，那屋顶，那怀旧的色彩，那一砖一瓦，还是20世纪80年代的样子，记忆里的一切都没有改变，只是随着时代的变迁，车站已经没有旅客和行人了，时光仿佛暂停于此，一种风翻贝叶之美。静静地看着，心里很感动，也很伤感。

有荷居小语 ❋

  本来准备今天好好读一读闲书，写一写东西，回忆一下青春年少的时光，恰恰家里先后来了两拨亲戚，热闹了一天。一家从老挝回来探亲，送给我一串挂件，很古典，和今儿我穿的旗袍极配，亮丽而温馨，宁静中泛着典雅、异域、愉悦的光泽。从来没有一件饰物让我有这样的感觉，我常常戴的都是小家碧玉式的饰品，不曾尝试过大一些、夸张一些、扎眼一点的，我说一定要发朋友圈高兴一下，纪念一下，等老的时候，翻看朋友圈，就应和了爱玲的那句话："照片这东西不过是生命的碎壳。"客人都走了，就像林子里叽叽喳喳的小鸟突然停止了喧闹，才想起来问小儿感觉那个火车站怎么样，他说："我觉得它放在繁华的城市里不是刚刚好吗？露出一点微弱的乡下情怀，很有怀旧的味道。"我惊讶于一个十岁的孩子所说的每一个汉字，那种和年龄不相符的灵动深沉。怕自己忘了，就用中性笔写在纸上。因了这句话，得闲时，也一定清梦一托，补写一点东西，毕竟，这个存在了七十多年的火车站是我所能看到的十五岁之前的唯一的建筑物——和我有关的。

  远去的时光，笔墨余味。"命运如一道风景，只需看它，没必要从逻辑上阐述。"对于我，味最浓时是故乡，永远是：古宅构建今安在，三原夕阳斜。

2017 年 7 月 30 日于有荷居

❋ 有荷居小语

胡抗美的书法课

  也许我是适合做评论的,那种批评人的,但,都是很善意的,也是很有趣的。整个讲座缺少新意,但内容有心意。我就用一个外行的眼睛看看。景行园艺术馆很安静,小广场上有几个穿长袍的人打着太极。为今天的活动,我也特意在大衣里穿了旗袍,参加一个关于书法的社会活动,也算是应景了吧。真的是地方小,只容纳了一点人,但小凳子挤得插不下针,外面的人群无法进入这个斗室。地市级的活动,内容只适合我这样的外行人听,大家来,估计都是为一睹芳容。也许胡老师心中觉得,给普罗大众讲深了,听者不懂。他看起来很和善、谦虚,典型的八字眉告诉你,世事都是云淡风轻的。往往这样的人,草书都很了得。今天是咸阳少有的晴朗的春日,1981年,中国书法家协会成立,渐渐地,书法的欣赏也越来越广泛,书法最高境界是"唯见神采,不见字形"。讲座主题是"如何认识和欣赏书法艺术",主讲人胡抗美。讲座内容很长,没有课件,只是听,用笔记录。

  今天的书法是一门独立的艺术,而在古代,它是与实用结合在一起的,所以,书法要回归传统,第一重要的是把门槛建起来,它是书法本质的界限,它告诉我们什么是书法。

有荷居小语

蔡邕和李斯一样，都认为只有通过汉字造型才称其为书法，他最突出的贡献是"若愁若喜"，从他开始，才把情感纳入书法欣赏之中。王羲之说："若平直相似，状如算子，上下方整，前后平齐，便不是书。"他从侧面说明了我们日常书写的字横平竖直，工整均衡"便不是书"。书法的形制是笔墨表现出来的，书写时心手两忘，笔情互通，最终表达的是笔墨，所以要全神贯注。孙过庭的《书谱》中说"达其情性，形其哀乐"，认为"形"是"哀乐""情性"的外在形式。总之，日常写字是工整+准确+可识。功能是信息交流。书法创作是技法+临摹+训练+变形+墨色+空白+势+情感。功能是创造艺术。古人写字从点画开始，从技法开始；今人从识字开始，横平竖直，没有技法要求。古人的教材是甲骨文、石鼓文、《峄山碑》，是急就章，是千字文，是《九成宫醴泉铭》和《颜勤礼碑》等经典作品；今人的教材是印刷体。古人的老师是钟繇、卫夫人、王羲之等；今人的老师是语文老师。古代书法称小技，却有科举制度保证，古人以书写自己的诗文为主；今人以抄写古人的诗文为主。古人手上把玩，幅式以手札、尺牍为多；今人展厅展示，幅式小则四尺，大则丈二丈八。

书法造型首先明确点画的属性，艺术出现雷同符号时其作品就是失败的。点画问题解决了，古意就出来了，点画是作品的生命线，很伟大。西方美学家说螺旋形的线条最美，而世上最美的线条其实是中国书法的线条，它除了形的要求，还要有质感。入笔和行笔是不同的，毛笔重复的过程就同时形成了一种厚重，收笔时的提按顿挫，体现了层次、厚度和动感。点画是技法与情感的结合，它将情感渗透到起行收、轻重快慢、方圆藏露、粗细长短等形态中，将技法提到道的层面。点画是形与势的结合体，它不仅有形的要求，而且有势的要求，这些要求均体现在"永字八法"中，它是点画的美的表现过程。古人从点画结体入手到从章法入手，今人是从章法欣赏转换到点画结体。大幅作品的创作，注意章法的布局，细节方面，今天的细节是对比关系，小作品看入笔的劲道、传统性的表现，大作品首先看对比关系，矛盾的呈现及矛盾的解决，阴阳相生相克的过程，最终达到平衡。古人的败笔，有时是求一个变化。结体的"败笔"和章法的对比关系越多越和谐，书法作品就越丰富。其次，欣赏书法空白的转换。书法是有情有形有义的，空白如城市中的绿地。白，是音乐中的休止符；白，是佛家的空；白，是道家的无，而无是更高的有。毛笔的构造特点是对自然的尊重，取之于万物的形，却形而无定。书法创作是自我对情感的表达，毛笔的特点也决定了它的民族性。就如甲骨文，它，肯定有非常非常丰富的产生的那么一个过程。总之，百度胡抗美的"书为形学"，内容讲得更为精准。听课回来后阳光很灿烂，我的海棠花尚未开。关于他的另一种评论，我没有见解，倒是喜欢他的楷书。

2016 年 3 月 27 日于咸阳

疏帘淡月

　　勉强填了几个汉字,是因为特别喜欢这个词牌名:疏帘淡月。领格用了去声,查了中华十四韵,平平仄仄的,就没再揣摩,细细的中性笔,可以疏散一点思念,想奶奶了,但那个怀抱再也回不去了。

　　先是扭扭捏捏的字,又规规矩矩抄写了一遍,思念的痛就变得淡了。把许多照片集中到QQ相册里存起来,久久地看着精云那一张,英伦休闲时光,胖胖的女人,长长的裙,浪漫的帽子,披上披肩,可以不用值夜班,不用和一小部分面目狰狞的人打交道,可以静静地悠闲地生活,欣赏风景,可以过安静点的生活……路长路短,只是存在过。有时,活了大半辈子,忽然觉得什么话都是多余的。和疾病打交道,总需要清醒地局外地看一切,也总是心归故里:

故乡怀思

　　浮生无恨,正故乡早春,寒气渐去。百里秦川似画,村庄如簇。车流如织夕阳里,向东风,柳丝斜处。青苔细雨,草色斑斑,归心难画。

❋ 有荷居小语

　　忆往昔，庭花落尽，望门外村头，秋思谁寄？离家卅载，冷雨西风荣辱。空宅卧听西窗雨，祖母醒，梧叶几声。孤穴埋愁，时时不忘，问孙归否？

丁酉端月

2017年2月3日于三原

有荷居小语 ❋

古声无味

　　只看了《琴道》的绪论，写点絮语。生活是模仿的，文章是拼凑的，在文字的抄袭和拼凑中，感觉得以传承。高罗佩的博学，就像良琴一样，不是大众可以企及的。关于古琴，他几乎无所不能，关于语言，他懂十五种文字，他就像最古的那一床琴，以传说的姿态存在。他有一个极致的中国魂，任何一个琴人文章，也没有他的文字充满的逻辑性和感性多。中国史籍中作为补缺的一本《东皋新越禅师全集》，就是他用七年时间遍访古寺名刹、各个博物馆辑成的关于琴学东传日本的史料。他有研究学问的那种逻辑理性，这本《琴道》，开篇就很别致，诉说琴的起源，是从古文字谈起，自始至终都在避免人云亦云，同时，你也能感受到深深的温情。

　　我们在描述古琴音乐的时候，更容易用一些否定的词语。比如：它不像任何一种现存的中国弦乐器，或二胡，或琵琶……它基本上不是旋律性的。当预习一首琴曲，常常一头雾水，很难记住旋律。它的美不是音符的衔接启承，而是蕴含在每一个神奇的独立无依的音符之中，是用多彩的音色表白的。它的美不是写实的，是用音响写意的。它的美不是浮华的，是可以叩开心门的，因为它的每个音符本身就是一个独立的实

有荷居小语

体,只有体味过人生百味还心存柔软的灵魂才可以触摸它的深意,那儿是平沙落雁。技术上仅揉弦就有二十六种不同的方法,可以说抚琴完全是一个如何"触弦"的问题。辞藻的无力是根本的,因为抚琴本身无法言传,就像第六感,说得出来的言语只是片段的,不达意的。琴,也是孤独的,"琴声虽可状,琴意谁可听"。

琴乐,像一朵凋零的花,挂在昏暗的书房,也如文人几案上的灵芝,长寿的是它的优雅姿态和象征性的名字,但灵芝已经枯萎。

2020 年 5 月 22 日于有荷居

有荷居小语 ✽

寂寂故园心

琴，可以用来抚，也可以用来歌颂，如《谢琴诗文钞》，就是一群文人围着吴景潮买来的一张宋琴写诗作赋的结果。就如兰一样，你可以不去养，只需要写诗赞美一下，就至少沾染了它的芬芳。

我越来越爱三原了，因为那天看到了《金门待诏》琴谱的复印件，它躺在橱窗里，它来自三原县一门两进士的张家，道光乙酉年，应该是1825年的曲谱，当然，彼张家非此张家了。三原，史称"池阳""甲邑"，"邑"这个字，很古，很灵。小时候，奶奶常说那个城隍庙啊，那个龙桥啊，那个"芝麻棍子"上香香的芝麻啊，人山人海……一直以来我都不在意她描述的"人山人海"，算是无知吧。

昭闻温文尔雅，他介绍他斫琴的材料是老城隍庙拆下来的古木，我瞬间就想到了三原的城隍庙，史学家李维桢评价道："……而三原为最，沃野百里，多盐荚高赀贾人……盖三秦大都会也。"如今的茯茶，应是那个灿烂历史遗存的活化石。经济的繁荣，自然也有了文化的繁荣，三原的张氏琴谱《金门待诏》，历经磨难，前后二百年间，得以保存至今，也是三秦大地曲谱的一缕微弱古风，终是填补了空白。张友鹤老人泉下有知，亦会轻抚那张秋塘寒玉，彼时他指尖流淌出的音符会不会多

❋ 有荷居小语

几分活泼？不要考量它是原始本还是衍生本，就如赏兰一样，看一眼复印本也会沾染它的芬芳。故乡是可以用来居住的，也是可以用来思念的，当然，我的故乡三原最是值得怀古的，套用旧式小说的模式，这正是：

  丝桐无弦是陶君，
  谢琴寂寂有诗文。
  金门待诏张宅深，
  宫商响应故园心。

2020 年 5 月 30 日于有荷居

有荷居小语 ❋

两个陕西人

"百工从事,皆有法度。"学琴也一样。

前天非常惊喜地收到老师送给我的礼物,老师目的是鼓励一下我,礼物是有方继孝亲笔签名的书——《古琴的常识和演奏》,方继孝整理的,是毛边本。人生第一次拥有毛边本,我把它看成一种宿命,书也是关于琴的。纸,素素的,充满了自然的芬芳。签名的作用就是一瞬间让书有了温度。孤桐泠泠,岁月淡淡。心里很感动,想起管平湖送弟子的那"清英"琴……遂用笔在外包装信封上写了这句"深恩轻轻起,余响悠悠下。立夏翌日"。老师的老师是重庆的龚松风老先生,龚老先生的老师是槐庵老人张孟虚——陪都时期重庆天风琴社重要琴人。

琴史,起起落落,气若游丝,又柳暗花明。富平,是中国最后一位古代琴人广陵派第十代传人刘少椿的故乡;朝邑,古代朝邑,一个大德之域,是中国第一位现代琴人广陵派琴人张友鹤的故乡。所以,陕西是古代琴人和现代琴人的交界点,历史在此撕扯了四十四年。所谓今琴人,是因为他最早发起国乐改进社,可惜四十五岁因肺病离世,人百其身。1957年查阜西等一行人在全国范围内进行古琴采访,六亿国人仅仅八十几个人会抚琴。查阜西来到西安时,省群艺馆把收集到的张友鹤

❋ 有荷居小语

先生遗谱、手稿、笔记和琴全部交给查先生，但"文革"时查先生被抄家，便都遗失了。张友鹤先生的琴大约是1919年暑假，他从北大回老家，在赵渡镇一个姓谢的世家用八两银子买来的，宋琴，名"秋塘寒玉"。这个名字我极其喜欢。听说其音古雅，余韵绵绵。

琴音的特色是线性的，也是点性的，点线结合的音乐，呈现的是声音艺术在时间中的一种流动，冥冥之中，上古遗音得以流传……

2019年5月21日于有荷居

有荷居小语 ✽

拂了一身还满

　　一友人询问,"风过长门,惊破一缕相思魂"是因何而慨?答曰,就像佛教被中国接受而被中国化,是因它与个体生命有着深刻的联系。

　　陈寅恪把"安史之乱"作为中古史的分界线,而余秋雨把分界线前成就最高的一位文人定为李白,之后的一人定为杜甫。对文字的喜好也与个体密切相关,友人一向喜欢李白,也喜欢让儿子从小背诵李白的诗篇,常常在大家的酒桌上激情表演一番,我一直很羡慕,遂准备仿效,希望自己小儿也沾点李白的豁达浪漫气质。虽然对杜甫没有更多触摸情怀,但我喜欢晚唐余风,那继杜甫苍凉之后的忧伤,那夜凉如水的深情独语,诗人轻叹一声:"昨夜星辰昨夜风,画楼西畔桂堂东。"就如一个现代生命自言:"我的卡萨布兰卡在哪儿?"我现在更喜欢南唐,那是唐诗的余光:李煜。"问君能有几多愁,恰似一江春水向东流。"试问,此愁何愁?"砌下落梅如雪乱,拂了一身还满。"孤独是绝对的,形而上的,哲学意义上的。孤独也是相对的,形而下的,社会意义上的。我怀着形而上的孤独,也享着形而下的孤独,成不了佛,却常刻意养点佛心,但若在某一个最脆弱的瞬间感慨一声,孤独便轻了很多,也因了这一声叹,又回归了社会,负着母亲、医生、女儿等许多角色。最

有荷居小语

开心的时候是不写日记的,最伤心的时候也只是叹一声,控制自己比放开自己更有理性,大多时间是淡淡地享受一种光阴和光阴里洒下的温暖,足矣。

昨儿去地热城,带着小儿,他的单纯他的天真他的活泼他的灿烂的笑,让我至今还在疑惑,他是我的孩子吗?他和我有关系吗?我远远地静静地躺在温泉的一处角落里看着他,这个小瓶子男。浮生若梦,有清风拂面的舒畅,片刻的幻觉,淡淡的愉悦,身心都舒服,我从小就喜欢旁观,随着年龄的增长,渐渐变成一种常态。旁观,是最舒适的角度。

"风过长门",对于每一个生命来讲,都会有片刻的同感,和一种前世的哀叹吧,或者含点自伤飘零之意——浮生如寄。

2011 年 8 月 31 日于有荷居

纸　　花

　　有梅，落雪，无诗；夜静，春寒，屋暖。临摹几幅墨梅，暮色添寒意；再临摹两幅红梅，疏疏淡淡，晚色春归处。

　　夜色阑珊，翻看这本厚厚的民间剪纸书籍，忆起儿时，那时候也是特别喜欢剪纸，更添了读下去的兴致。仙逝的旬邑的库淑兰，不识字却创作了很多作品，让人惊叹。书中说她喜欢边唱边剪，那幅空空树及下面她唱的曲儿的文字，真的很有感觉，有意思，很特别。她唱道：

> 正月里，二月中，
> 我到菜园去壅葱。
> 菜园有个空空树，
> 空空树，树空空，
> 空空树里一窝蜂。
> 蜂蜇我，我遮蜂，
> 蜂把我蜇得虚腾腾。

　　虽然不是我喜欢的那一类文字，但也是特别有趣。我想，在那长长的安静的岁月里，妇女们为了解解闷，剪啊剪，剪出了生活的温馨，像女书一样传下来，和现代的一切碰撞后，纸花终是散了，变成了活的化石，死的艺术。死去的，当是人类该好好珍藏的。在我的印象里，旬邑的男人大都文质彬彬，旬邑的女人又都像是从古代走来的，或者说刚刚从阁楼缓缓移到二门，一身的温良恭俭让，和陕西任何地方的人都不一样，古风融合着温文尔雅，常常说先民遗风，这一定是了。它不是一个人就可以代表的，但是，从一个人就可以窥见旬邑之风。

"开时不与人看，如何一霎蒙蒙坠。"库淑兰，十七岁结婚，生了十三个孩子，存世三个。有时，数字就是一辈子。她被丈夫折磨，却无处可逃。十一岁那年，她随父母在三原县城读书学画，也许，这一点经历，安慰了她所有的岁月。我喜欢一段话："心有莲花，择净水而居；心有明月，择寂寥而行。玉在石中沉睡，云在青山深锁，水在净瓶中无波，人在无人迹处求心的保全自在。世上有经不起细看的繁华，却有经得起千百回留恋的空净苍凉。"读她的人生，无处不在诉说着凄凉；看她的剪纸，无一不在表达着温馨和喜悦。那热烈的震撼人心的斑斓的色彩搭配，有一种宗教的味道，也有一种灵异的味道，极度地夸张，极度地张扬，极度地神秘，也极度地舒心。她内里的灵气支撑着她的岁月，在纸花里沉醉，一醉经年；在纸花里零落，一落满天。在那个冬天，那个2004年的冬

天，在那盘土炕上，剪花娘子库淑兰静静地离开了，时年八十四岁，周围的墙上贴满了她的彩色剪纸作品，它们看着她终于逃离了这个无法言说的尘世：

一叠纸，两叠纸，纸醉天高岁岁寒，心事丹青传。
纸花开，纸花落，娘子未醒纸未完，帘帘风月闲。

（2020年是旬邑民间剪纸艺术家库淑兰诞生一百周年，写几句话安慰自己的心，表达我的爱。）

2020年10月20日于有荷居

❋ 有荷居小语

创新港有感

  没想到交大新校区距离3号桥这么近，也没想到这就是那个著名的西部创新港。前天傍晚去看了看它的雏形，研究生部和博士工作站都已经迁过来了，又是一次西迁，为了纪念当年从上海徐家汇车站出发的历史节点，徐汇路穿过西班牙风格的建筑群，与东边的和园遥遥相望，这可能就是中西合璧的理念吧。风格是设计者的灵魂的表达，谁又说形式不重要呢？温暖的西式的红色建筑群，是一种历史、美术、地理和设计者灵性的融合，观赏者会不会认可，梧桐树会不会答应，银杏树能否多结一些长寿的果子，决策都是无声的，这一片热土，满足了人类沿河建城的精神依恋，虽然渭河的生命绵延漫长，如今原始的使命逐渐丧失，但至少是我们的精神家园。未来，资金、人才、政策……这里一定是一番更加热闹的天地。而如今：

  秋深无语，
  庭寂未寒。
  渭水不居，
  古意阑珊。

2018年11月7日于咸阳

绣　雨

　　雨，总是让我愉悦的。
　　常常写一些无用至极的东西，写作让我觉得活着还是美好的。用了很多方法，还是觉得用线缀一些图案的过程，可以舒缓自己。绣，这个汉字，让我一看就是面露喜色的。三十多年没有用过细细的针了，极亲切。年轻时，日子多单纯，视力也很好，心是自己的，没有一点点尘埃。成长的过程就是拿一颗单纯的心，软软地去碰触坚硬的世界，总有一天，心硬一点了，可是没几天，心又软了，巨蟹座天生就是这样子，这就是宿命。去工作，拿一颗柔软的心，常常是会受伤的；去生活，拿一颗柔软的心，也常常是会受伤的；去爱孩子，拿一颗更柔软的心，难道就不受伤了吗？去交往，拿一颗柔软的心，你知道，受伤最轻微的，或许最后只是多一个所谓的知己。柔软，是肯定的，永难改变，受伤是必然的，但心依然柔软。
　　所以，我爱下雨。雨天，心就得以修复，似乎回到了当初农家的小院。曾经请朋友刻了一枚闲章，刻字"雨浓"。不是为了什么明确目的，就是为了舒心。我也学会了刻章，刻了些娴雅的汉字，过程就像绣花，遗忘了身在尘世。在有些人眼里，这些都是那么无用，昨天今天朋

有荷居小语

友圈都是天气预报,为了庆祝要下一个多月的雨。我的心是喜悦和感动的,顷刻想落泪,天都知道,多下一阵子雨,绣品就多一两件,喜欢雨的人就又会喜欢生活了。至少在生命终止那一天,我都会一直喜欢雨的。喜欢下雨,就是有一点诗意;有一点诗意,日子总是热的、安宁的,心,也会一直柔软。现在我的丝线只有几种,搭配不是那么丰富,准备在网上多买一些丝线,绣一些灿烂的花,度过一个漫长的雨季……可是,下周有一个为期三天的一年一度的学术会议,大家都去,我有时也想,人类如果没有疾病,生活会多美好。

风风雨雨,走走停停,看花开花落,共一片天地。写到这儿,雨,下雨,又和从前一样,一直是令人愉悦的。

2019 年 9 月 15 日于有荷居

有荷居小语 ✳

一扇彩页

  这几日小儿常去图书馆，每每接他，顺便到处走走，"咸阳图书馆"——周谷城题的这几个字厚重而典雅。先生一人撰写《中国通史》和《世界通史》，在国内史学界尚无第二人，且与毛泽东同师，想必定是诗文清妙之人。
  远远望去，这座建筑物看起来很是神圣；近观，虽然有一点点古旧，但是没有破败，漫出一种英伦的奢华，又恰恰如揾玉匀香。此处不知是春是秋，总有这两季才有的古老而干净的气味，裹着一丝丝寂寞，成为心灵的沁园，春风秋雨又平添了无限温馨。安静的儿童阅览室里，儿子读他喜欢的书，我便入一扇侧门，心想这里应该还有一点别样的点缀吧……果不其然，一个小院，浓荫蔽日，市声无几，小雅幽静，心又淡然了些许，不知秋色早，疑是花事晚。心能感受的美好，多是来源于童年的记忆，随着岁月的打磨，庭院的情结总是会沉淀在心海的最深处，偶然回看，文字也会显得苍白。一步一步慢慢走，风景不停地变换，喜欢小日子，如果恰巧和外界沟通稍稍多一些，便觉得伤了元气，就如炒菜，盐少许才有滋味。
  常言道："读万卷书，行万里路。"但书读不好，游历也是枉然。

❋ 有荷居小语

小小院落，青砖铺地，芳草盈阶，最喜本色清言，但往往难觅其踪，与人相交，理解，误解，都是常态，常想一二，读点闲书，是人生的安慰。看沈尹默，怎么也喜欢不起来；读林散之，只是一两句，便入心入肺。应该是缘分吧。这季节是闰六月，古人称荷月，我暗暗喜欢这个雅称，因为我是荷月所生。上周家乡暴雨，母亲说这是"哑巴雨"，又说闰六月是灾年。科学不能解释的，民间的说法就是科学。"哑巴雨""荷月"都很好听，文字有时比风景好看，比语言好听，比无边的天空更能让人释然、淡然、安然。所以，短短的生命历程，看到心仪的文字往往会欣欣然，不是吗？

这一座静静的咸阳图书馆，也将会成为小儿童年最喜悦的一扇彩页，一切如烟。

2017 年 8 月 19 日于咸阳

有荷居小语 ✽

天 趣

一种器物,在你把玩之间,弹拨了你的心,它就如琴诗书画一样,不需十分到家,但总会见点"天趣"。

董子从外地回来带了把紫砂壶,乍看,没什么特点,摸起来也粗糙,他说保证是紫砂泥做的。我对此没有一点研究,只知道紫砂壶是明朝才有的,清朝中兴。喜欢紫砂壶,是喜欢紫砂这两个字,喜欢这个词也仅仅因为它姓紫。紫这个符号,浸染了一身诗意,任谁姓了它我都喜欢。细看,比我仅有的那把壶逊色了很多,但栗色暗暗,形制极简,壶身的几个汉字若隐若现,丝毫不见俗气,或者说,在朴拙中平添了一丝雅,不细看,还以为是一种纹饰呢。也因了这几个字,壶显得不是那么单调寂寞,煞是耐看,可说是色泽古雅了,底部书的款也讨人喜欢。

常说一壶侍一茶,壶与茶,就像男和女。再粗糙的壶,若一生只侍一种茶,久之,便出了色泽,有了韵味,温润含蓄,淡淡亲切。而茶吧,不论是三杯还是七碗,不管是素瓷侍凉夜,还是芳气漫西窗,一芽之叶,终不是若兰、若竹。说到茶,真真的草木之间,古人说词乃诗之余,要我说,茶,一定是木之余了。

有荷居小语

壶，得之，是随缘，换一片恬静；茶，天地之灵气，流水惹之，闲云逐之，而静观，是最好的相处。

2017年5月16日于咸阳

有荷居小语 ✸

枇杷和枇杷膏

清晨,文革妹妹又送来三块百草梨膏糖,包装传统,一看见它,病仿佛就好了。丁酉秋,因了这枇杷膏,我心里最柔软的那个角落被触动了,我想写一片文字,是一片,却不知怎么开头。

记得刚开始画画时,临了白石先生的一幅枇杷,厚厚的先生的画集里,挑来拣去,就看上了那幅枇杷。潜意识里,喜欢"枇杷"这两个字,喜欢枇杷的样子,它勾起了我久远的回忆。一是,第一次吃枇杷在一个端午节的下午,雨很大,瓢泼的那种,爸爸突然来学校看我,我至少好几年没有见过他了,之前奶奶让他看我的照片时他还问照片上的人是谁。他,很陌生,也很亲近,长得很帅,和我一直讲山东话。因为我是随奶奶长大的,我们沟通用的是山东淄博的方言,也许,因了这母语的亲近,我们之间消减了多年不见的生疏。大雨停了会儿,路边有许多卖水果的,他问我想吃什么,因为从小见到他只是他休假的时候,所以在他面前还不是那么随便,就说不吃。爸爸又问吃不吃枇杷,我点点头,心里想:还挺好看的,像杏子,没吃过,不知是啥味儿。那年,我十七岁,"细雨枇杷熟",但,那天是阵雨。一是,第一次见到真正的枇杷树是在广元的山上,这里古代叫利州。半山上,走过一个农家,门前立着

❋ 有荷居小语

一棵没有见过的树,叶子荫浓荫浓的,绿意莹莹,听说是枇杷树,可惜时节是夏天了,看不到晶莹灿烂的果儿。虽然宋以后枇杷在江南已是常见之物,但是说起枇杷,总是和川蜀之地分不开。那次相见虽然它没了果实,但有一种枇杷深处觅诗意的怦然心动。那年,我十九岁。

少年时常生病,妈妈总是给我看中医,吃的草药太多了,便对中医有了一种向往,一种依赖和好感,可是,后来接受的纯西医教育,心里渐渐否认了中医。中医的最高境界是致中和。中医起源于原始社会,是实践的产物。在我心里,中医更是一种哲学。每天上班都要经过中医文化长廊,那些花花草草和文字诠释更像是一幅幅国画小品,让人心静片刻,"从冗入闲,然后觉闲中之滋味最长"。

十几天前,偶感风寒——中医是这样描述的。这一种诗意的描述,让我突然觉得生病也是快乐的。咳嗽,除了咳嗽还是咳嗽,像上次感冒一样,持续很久,用了西医的大部分常用方法,看了呼吸科门诊,最后因为咳得太久,感觉精神渐渐不佳,像是伤了元气,天天被消耗着,便挂了吊瓶,但是越来越严重,化验血常规正常,支原体阴性,这些天门诊量不减,加上住院病人,感觉力不从心。大前天,文革妹妹顺便来看我,因为她的哥哥患胆管癌住院了,聊了一会儿,她看我又忙又咳嗽,说有亲人从蓉城带回来的熬制好的新鲜的枇杷膏,冷藏的,让我试一试。听到"枇杷"两个字,心里就极其温暖,像见了亲人。第二天便喝了些,昨天夜里加了核桃,今天一天基本不疼了、不咳了,晚上又加了几瓣橘子,热热的,很舒服,除了惊讶中医药的效果,心里也暖暖的,暖暖的。"尚中"和"中和"是中医的"中"的真正会意,充满强大生命活力的瑰宝用实践证明了它的实用性,历经先秦、秦、汉……就如诗歌,看起来不过是几个汉字的重组,但,可以疗伤,可以群,可以怨……

"实心清素,则所涉都厌尘氛。"一生只见过一次枇杷树,只有浓浓的叶子,在雨里,七月利州尽翠微,不见枇杷黄。

2017 年 9 月 18 日于有荷居

有荷居小语 ❋

蛰居的日子

  特别喜欢一个词：蛰居。仿佛重温儿时静静的小院，半躺在圈椅里，拥一本闲书，那些文字里浸满了时光。
  终于有假期可以随意地睡到自然醒了！好久好久都没有的悠闲，热闹而匆忙的日常突然安静了下来，读着闲书，听着悠长的民歌。清晨，小鸟们早早醒了，也许是知道我回来了，叽叽喳喳得愈发欢了，很有自然之味。思绪拉得很绵长，所有的疲惫都好像散着满满的温柔。想，蛰居山中也不过如此吧。
  从草堂带回一本《杜甫》，细细地读完了。曾经凄凄的杜甫旧居如今变得曲径通幽，清雅烂漫，极诗意地迎接来往的游人。历史就像在纸上画了幅铅笔画，擦去，又画了一幅，再擦拭……依稀能看到点影子，但诗人的背影总是那么不确定，战争、饥寒、流浪的心情……
  翻开第二本书，思绪又飞到了民国初年景春园二楼的茶馆，弘一法师凭栏看着西湖的风景……宁静的虎跑寺，念经、闭关，清淡的菜蔬，这样的生活多么让人欢喜啊，好生羡慕！他曾在闽南生活过十年，取了个名"二一老人"，源出"一事无成人渐老"和"一钱不值何消说"。
  推开窗，楼下那株玉兰又含苞待放了，时节走到哪里，全然是不声不响的。不知不觉，阳光斜泻进来，半裹了躺着的我，余下的光线填满了整个房间。楚亭的友人曾问，冷吗？我倒觉得，夕照真的那么冷吗？一瞬间就温暖了。人总是向往有个所谓的知己，但往往都是清梦一场，梦里的人都是幸福的，醒着的人也各有各的幸福。所以，每每看到光线溜进来，感觉每一束粗粗的阳光都是灵动的温暖，每一天都过得很美好。

弟弟今天进门来说："你看看你，把床放客厅里，全城估计也找不出第二个人来……"呵呵，他哪里知道我小时候的梦想就是有一间自己的小屋，一进门就脱鞋，床上堆满闲书，全天窝在那儿，清淡无一事最好，最好还有一扇可以观景的窗，窗外是流动的景致。在草堂的竹林里散步时，就想再刻一枚闲章，仿佛闲书、闲章就可以让我过得闲静一些似的，或者至少可以满足一下我骨子里的散漫劲儿。闲章呢，就刻上"闲书连屋，静树依云"，这字是我琢磨了很久的。想着就笑了，一定很美，假如钤在一幅玉兰图上，又是一份美丽的心情。孩子们都不在，安静的空气，合极了我的意。喜欢独处，偶尔也喜欢热闹，在热闹里寂静地旁观，或是走到热闹里，热闹就静止了。喜欢寂寞，从小就特别喜欢。有时，许多人坐在身边，也是寂寞的；有时，一个人，一本书，一支曲，寂寞就消减了，寂寞得有滋有味。

第三本书，是龙应台的《目送》……

2015年3月14日于有荷居

有荷居小语 ✼

只是想想

  冰冷的夜，回家路过书店，买了两本闲书；又路过花店，不由自主走进去，竟然有这样的牡丹——野牡丹，说它俗艳也不为过，但它却很温暖，看见它不由得想起了花城，那里的春节里，应该有许多鲜花吧。
  从来没有去过广州，但常常想去一趟，印象里它商业气息极浓烈，好像没有吸引我的地方。"一霎车尘生树杪。陌上楼头，都向尘中老。"其实，在我的脑海里，除了北京和西安，知道最早的就是广州了。十五岁那年春节，爸爸从广州给我寄了一件橘黄色的羽绒服，周围没有人见过羽绒服，只感叹原来棉衣可以这样轻薄，色彩可以如此鲜艳夺目。十六岁，爸爸穿了一件领口不对称的西服，提着他的密码箱，我问为什么箱子要用密码，并摸了摸他的领子，他说那边流行密码箱，流行这样的衣服款式，就是这样子的，专门设计成这样的，不是折进去了，就是一半没有领。从那以后，我感觉美都应该是不对称的，这个观点影响了我很多年，以至于我穷其一生都喜欢边缘化的东西，太正的好像太假似的。十九岁，穿了爸爸给我买的姜黄色的乞丐服，饭店老板问我为啥膝盖要补一块补丁，顾客们也指指点点。
  喜欢听爸爸谈论广州，但是我很少看到他，他说过一定要带我和奶

有荷居小语

奶坐飞机去一趟广州看看。后来，奶奶离世了，再后来，爸爸也离世了，广州就变得很遥远很遥远，就是概念里那个南蛮之地。再后来，看书画台，知道岭南画派，读一些琴论，知道琴的岭南派，岭南，也变成一个奇妙的词语。后来才知道，广州原来不是文化沙漠，是自己孤陋寡闻，它竟然是有两千多年历史的古城。我对古意的有历史感的东西本能地喜欢，特意查了查，秦始皇公元前214年统一岭南，忽然在我的脑中，广州就和中华广场的秦始皇雕像遥遥相望了。那么多别称，除了花城，我还喜欢一个称呼"楚庭"，至于为什么，大概是因为喜欢边缘化的东西，对于楚国来说，南越也是极其遥远的荒蛮的存在啊，所以它是楚国的后花园：楚庭。

毕竟羊城几度春，风光不与往昔同。不知道一个GDP（国内生产总值）2万亿元的城市会是一个什么样的存在，也许很古老，比岭南派古老。记得曾经在第四军医大学进修学习一年时，因不喜欢聚会和跳舞，便得了一个绰号"修女"，那是北京总参几个来进修学习的同事请我们跳舞，每次我都没有去，说不会，一副离群索居的样子，就得了这个绰号。曾经，自己心里是很满意这个名字的，它很适合我的心，一直一直都很适合。后来，因为这些年心智渐渐温暖成熟，便有了人间的烟火。本性难移吧，如果去广州，第一个拥抱的一定是陈氏书院，而不是小蛮腰。

当然，我还想买许多许多鲜花，呵，只是想想。在这个娑婆世界里，我常常，只是想想，想象与思考让我觉得挺自在，挺安全，也挺幸福。

2018年1月30日于有荷居

悔晚斋·才子

　　昨天我是抱着买一本《六朝画论研究》，再得其签名，顺便做一下笔记的心愿，夹杂在专业人士里面消磨了一个下午。可是，现场没有售卖这本书，遂买了文集，签名挺漂亮，有了温度，右侧几个字浮一点，左侧的陈传席三个字耐看。下午讲座的题目是"目视·神遇"。

　　主要讲中西艺术的重要区别。没有课件，因为电脑出故障了，他的语言表达让许多人听不清，方言味浓，估计有九个以上的音调，难以理解，逻辑稍逊，有些心浮气躁的感觉，可能是太有才华了，压不住傲气，精神散漫。讲座所涉极多，因为他从小伴经史子集长大，"惟日以诗书为徒"。他的《悔晚斋臆语》，平凹称是继明张岱、清袁枚之后真正称得上的才子书。他还在20世纪80年代着手修订《辞源》，这绝非一般人可为。《自序》《再版自序》中不停地争辩别人窃取了他的文章，自己很烦恼。我觉得目前不争不辩更应是他的状态，入俗世太深，又不懂得抽身、静心，枉读了一辈子圣贤书。有的人不识字，但心静如水，善良安然，仿佛读尽诗书；有的人著书立说，硕果累累，只他人受惠，自己却无日不忧。

　　陈老师在《再版自序》中也坦言自己心神不定。我想，就像学佛

❋ 有荷居小语

参禅，你知晓《圣经》，倒背如流，你熟读《古兰经》，侃侃而谈，你通晓《三藏经》，大乘兼小乘，但是，如果你什么也不相信，你就只是一个文字的传播者，是"目视"而非"神通"，永远也没有《湖心亭看雪》的洒脱情怀。言重了，但是，我依然很喜欢读他的文字。

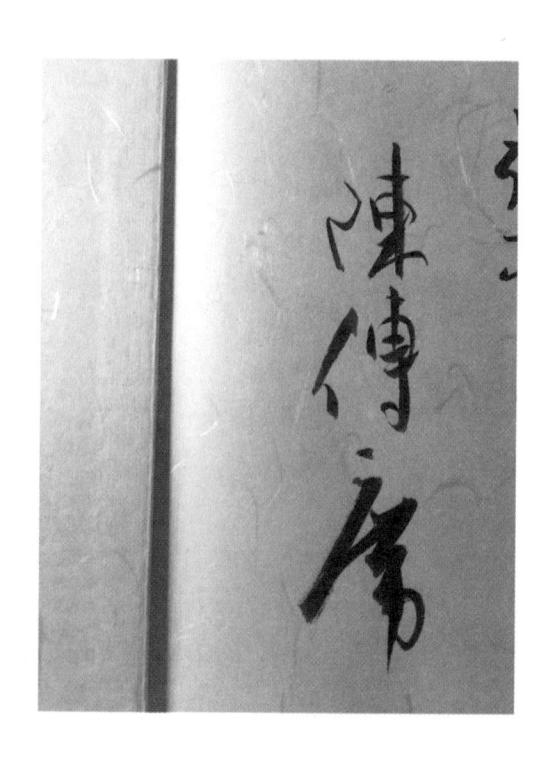

2017 年 10 月 20 日于有荷居

有荷居小语 ❊

雅　客

去年冬天，在阳台露天花架的盆里种了一棵鲜红的萝卜，偶然浇一点水，叶子也绿莹莹的，算是有了冬日的风景。

前几天，把花架上的那些枯枝败叶清理了一下，准备赶在清明前后种点丝瓜和一些其他的植物，这样，夏天就有了蔽日的浓荫。忽然发现和萝卜共生在这个盆里的"枯枝"有了绿意，也有了花苞，虽然叶子落了多半，但顶部还有几片，而且，今天它竟然开出了火红的花朵，在干枯的枝条间特别醒目，像是茶花。想起去年的确在花市上买过一盆茶花，不过当时只是一些叶子，一直没动静，冬天来了，也就忽视了它的存在。花既然开了，前天晚上便换了新盆，松了土，挪了地方，清理了枯叶，浇透了水，它"吐艳空惊岁月非"，让人心里悸动了一下，一直在露天度过了一个漫长而寒冷落雪的冬季，竟然还活着。上网查了查，才知道茶花难养难开，但它会"舍命保花"，只要有一点点养分，即使叶子全落完了，也要努力地开花。那一瞬间自然地想到了爱与喜欢：在湖边折一枝梅置于瓶中，是因为喜欢；怜惜茶花的死而复生，但断断是不舍得折一枝插于瓶中的，否则心疼，这就是爱。不承想这一株植物会让人如此感慨，可以说没有哪一种植物会因为它花的开放让我看了心跳,但是,这一株,不一样。它开得神清意净,静美艳逸,纵使只剩下了几片叶子。前天晚上,我正拍照时,镜头里,一朵花突然跌落,像心爱之物碎了一样,鲜红的花瓣瞬间散落,不是一片一片飘零,不是一点一点萎谢,而是灿烂的花朵瞬间完整地跌落下来,散在窗台上,花瓣片片排列,真的像断头一样,原来它又叫断头花。那一瞬,使人心悸,从看到它花开到瞬间跌落也就一天时间。也许,这就是生命的无常,如梦如幻。

今天清晨,一个人去热闹的花市买了两盆薄荷、一盆金边瑞香。南窗外的茶花已经谢了两朵,那第二朵怎么落的,我不愿意去想,只看到片片鲜红的花瓣排列在窗台:

雅客惊南窗,
凌寒独自伤。
晓光照青碧,
空庭冬未央。

2019 年 3 月 28 日于有荷居

有荷居小语 ✳

童年偶忆

清晨的雨惊醒了我,于是我记录了一瞬间的雨声。雨,听雨,真的是一个遥远的梦。

童年的时候,一直和奶奶住在一起,村子边第一家。房子是土墙,房前屋后都是树林,许多果树,还有杨树、榆钱树。秋季,下连阴雨的深夜,长长的雨,奶奶不睡觉,围着房子转,看下水道通不通,墙会不会倒,我偶然醒来不见她,就喊她。而雨后的清晨,就是人间的仙境:树林里有新鲜的蘑菇,雪白色的;有各种鸟儿,灵动地飞;远处的乔马山遥远而清晰,甚至可以看见云雾缭绕在山腰。在我心里,乔马山很神秘,很遥远,仿佛一辈子也走不到它的身边,入不了它的怀抱。很多人都喜欢水,喜欢大海,而我,一直最喜欢山。如果说水,也只是喜欢山间小溪。常说,喜欢山的人喜欢孤独,喜欢水的人喜欢热闹,觉得不假,我——喜欢孤寂。

暑假,雨后的林子里能更早地捉到知了。我和小伙伴接近傍晚就迫不及待地拿着家里最大的洋瓷缸子去林子里。眼睛里都是知了,每每早餐就是油煎的一大碗知了。至今觉得。那个耀州窑烧制的青瓷大碗是最亲切最漂亮的碗;至今觉得,那碗知了是世界上最好吃的肉。白天,家家都在睡觉,我却是假寐,等奶奶睡着了,就偷偷溜出去,拿一根长长的木杆，木杆上面有铁丝弯的环，缝一个塑料袋，一手拿几根毛毛草，开始套知了。把到手的会飞的知了用毛毛草穿起来，等妈妈扯着嗓门喊我回家时，基本都达到目的了——满满一串知了。暑假，简直是人间天堂。

　　最羡慕的是一家家的兄弟姐妹一起去玉米地里割草，有哥哥的人一定有一个独轮推车，可是我没有，甚至连去玉米地里都是奢望，因为奶奶有两个孩子被人偷去了，所以我只能生活在她的眼皮底下，用我干爸给我编织的小笼和炒菜的小铲子在家门口的玉米地边上象征性地过一过割草的瘾。关于干爸，是我父亲在铜川的铁哥们儿，他有两个儿子、一个女儿，但是他女儿缺钙，四岁时还要扶着墙走路，所以他一定要认我做干女儿，可是，我不同意。他们大人摆了酒席，据说花了三十元，饭菜端上来，找不到我，原来我一个人坐车去十里铺一个叔叔家躲起来了……后来才知道，他的小名叫狼，会织毛衣，会做鞋子，会裁剪衣服，老家是修武县修武村。干爸曾给我买了一件黄色的丝衬衣和小格子裤子，给我用彩色蕾丝编织了一个小小的笼和一个圆圆的大大的盒子，当时，艳羡了许多同伴。去年回老家，还找到了那个小笼，带回家里了。笼还是那个笼，但光环消失了，暗淡无光的电线默默诉说着过往。父亲去世后，我常想，不知道干爸过得好不好，四十多年了，因为通信和交通不发达，除了我读书时他给我写过一封信，就再也没有见过他。而现在，通信、交通极其发达了，具体的地址却也没有，每个人都躲进了壳里，各自安好。

　　什么是故乡？就是你闭上眼睛和睁开眼睛，都可以看到它，而且，风景无可替代。而现在，我的小儿的暑假也发生在这个院子，这个村子，这个雨季，它一定也会在遥远的未来，在熙熙攘攘的人世间淡淡地滋养他的灵魂，给他一份宁静。

　　雨，还是千年的雨，叶子，一茬一茬地绿，生生不息，仿佛有神明静静地俯视，看人来人往。这样的雨天，适合闭目。

2019年8月3日于三原

良　宵

弟弟回老家，雪很大，发了视频和照片，照片中是妈妈种的金银花。那花是秦岭山上的种子，竟然在雪花中开得那么灿烂，我才知道它一年四季都是绿色的，真是孤陋寡闻。今日小雪，正是傍晚，居住在老家的每个傍晚都是良宵：四时葱葱金银花，寂寂清虚百花杀。飞来片片寒英花，自在逍遥落我家。

古琴曲《良宵引》，是自学的第三首小曲子，也用此曲第一次参加了一个音乐会的演出，它

❋ 有荷居小语

是我最有感情的一首小曲子了，常常抚琴于良宵时分，非常惬意。所有的良宵，无不寄托了浓浓的思念。去年春节，大雁塔广场周边，有许多五彩缤纷的灯展，最最动人心魄的是那一排排仕女飞天，我静静在那儿驻足良久，她们仿佛懂得，现在是人间的年。凡间和仙界，互相羡慕，心境得以寄托：

寂寂凉宵闲舒袖，
五色琉璃满唐都。
仕女飞天分左右，
春不负人人自负。

2018年2月15日于有荷居

有荷居小语 ❋

秋天的一天

今天去嵯峨山,路过李靖故居。

2000年那个夏天也和弟弟妹妹骑自行车来过,今天故地重游,却不见了那藤,心境也大不相同——理智的、淡然的。故居庭院的最深处是望月楼,明代建筑,旁边是挂云楼,因了楼前许多紫藤如云,故称挂云楼。望月楼周围原有古杨树十三棵,象征唐初的十三位功臣,今只留下三棵,树龄也有八百多年了。周家大院有怀古月轩,安吴有望月楼,这儿也有望月楼。中国的古建筑、古文化比如琴,基本偏阴气,偌大的庭院,不住几个人。但我喜欢,它的味道接近我的童年小

有荷居小语

院,周围没有人烟,绿树环绕,鸟声如洗,没有嘈杂声。李靖故居这个两层望月楼的两边平台上有竹海,但那三棵树却让我感受良多:

零落三棵树,
忠魂有几处?
乘闲半日幽,
萧萧一轮秋。
人人皆望月,
不见无恨弓。
重登望月楼,
涤尽万古愁。

植物也是合着节气生长的。秋天,是让人喜欢的季节;秋天,也是让人沉思的季节。回家的路上,买了些菊,插在瓶子里,日子也有了秋天的味道:

一枝菊香晓愈清,
梧桐叶下依凉风。
西窗吟得三两句,
几丝韵味羡陶翁。

2020年10月2日于三原

有荷居小语 ✺

天之津门

  就像我一如既往的习惯一样，回到故乡就写写村子，在自己的城市就写写院子，偶然去别的地方，就写写对它的印象。虽然不像从前那么诗意了，也总是有些散文的特点，至少一定不会滑入杂文的境地。欲用文字雕刻时光，安抚心灵，也许是徒劳的，但并不是不可为的。

  潜意识里，完全想不起来要去天津，也许觉得它"屈辱"的成分多一些，虽然很喜欢周汝昌，买过他写的几乎所有关于红楼的书籍及他的传记。即使他把故乡海河旧湾描述得水草丰茂，丝竹缭绕，闲鸟孤飞，静谧祥和……我也没有萌出去看看的念想，这缘于自己对它理解的肤浅。这次是因为表弟三人先后定居天津，把我的大舅和妗子一同"挟持"去了，只好带着妈妈去看望她日思夜想的弟弟，当然也顺道浏览一下津门的风情。

  了解一个人，首先看他的童年，其次是气味。一个城市也有它的童年，一条大河的三次改道，便偶然形成了一片可居可游的陆地，这就是天津。后来，作为开放的港口，许多国家的先后登陆，便必然形成了天津抹之不去的殖民色彩。最直接的印象就是它的"万国"建筑：石头，大理石，拱门的元素，即使春节来临了，也很少在此处看到中国特色的

有荷居小语

灯笼，也许不相配、不和谐吧，再怎么挂灯笼也没有浓浓年味的城市，好像滚滚红尘的嘈杂消遁了许多。在我看来，西方文化是安静的，中国文化是热闹的，虽然也有极其安静的成分，但不是节日里。被时间淘洗之后留存下来的东西，往往或多或少必是超越了世俗的。每一座城市都应该有自己独特的表现，就像古琴的音，有的清朗，有的绵长，有的醇厚，不是必须完备统一和无缺憾；缺憾，恰恰是美感所应该具有的条件之一。去一个地方，就像收集琴材一样，材料令人着迷，便想象着斫出的琴一定也有令人着迷的音质。想象中的天津和北京差不多吧，而实际的天津，宁静、祥和、深远、厚重、低调、均衡、时尚……但是，基本上是一个曾经"沦陷"的区域，再迟钝的中国人也会深深感受到文化的疏离。这次三个景点令我印象深刻，下面详说。

一是张学良故居。如果没有赵四小姐，仅仅作为一个政治人物的故居，怕是没有这么多人来的，赵四，是众人津津乐道的唯一原因，这可能也是中国民间的一个特色吧。物件的奢华，温馨和浪漫，西式的陈设，古典而优雅，再现了少帅最春风得意的几年的生活状态。室内陈设和风格，的确是唯美而有温度的。

有荷居小语 ❋

　　二是梁启超故居和饮冰室。一进院子，映入眼帘的是四个清俊典雅的白底黑字：无负今日。冬日的阳光，使这栋楼房显得更加宁静，静静的空间里充满了历史的味道和亲切的感觉。也许因为他做人的低调，世人只知有妻不知有妾，没有风花雪月点缀，人们便更关注这个硕儒的成就和人品，就连游客，也是冷清得只剩我和弟弟两个人，与少帅府拥挤的人群形成了鲜明的对比。其实，我一直想看的地方是这栋故居左边的二层浅灰色小洋楼——饮冰室。可能，喜欢的仅仅是"饮冰"这个文化符号以及梁家的一些信息。

　　三是李叔同故居。故居位于海河畔，重建的，与之前相比矮了一点，房屋小了一点，但场景陈设依旧。在我心里李叔同早已是知己了，除了他的律宗。人们总是在才华、财富和技能上分析他，但我觉得应该从心理上分析一个人，一切都是自然和必然的：五岁丧父，母为小妾，被另一个女人抚养，家境富裕，学识渊博，又是性情中人。痴爱被当作礼物送给亲王后自己才知道真相，二十岁远离故土，二十四岁生母故去，远赴他乡异国，也曾声色犬马，而又健康受损。一般这样的男人都会想有一个归属，可他，可以说已经生无可恋。他内心极其认真，极其敏感。我记得有一篇文章说他得了一种病，需要节食方可保命，用现代医学解释应该是糖尿病吧，是不治之症。他平生连香菇都不吃，别人说他节俭，他说是自己无福消受。在三十九岁时，身心都无处安放了，那么寺庙是最好的选择，律宗是最好的寄托。既有活下去的可能，也有了心灵的安慰。"绚烂至极，归于平淡"，是生命的真谛。弘一法师就是人间绚烂至极的样子，但一般很少有人会绚烂至极，所以处于平淡，内心平和的人才会少之又少，一般大部分人，都走在滚滚红尘中，都处于绚烂的路上，"香花无色，色花不香"，但弘一法师香色皆具。

至于网红图书馆——滨海图书馆、古文化街、五大道、意大利风情区、西开天主教堂……这些"菜单"，我想，每一个初来津门的人都会去逛逛，但我最感兴趣的是那几百个名人故居，可惜，没有时间了。关于天津，最亲切最想去的是李叔同故居，可惜却是游览时间最短的地方，只是匆匆拍了一些资料照片，因为大家在门口等我。常常是，喜欢的，恰恰是只匆匆，来匆匆，去匆匆，聚散两匆匆。

2019年2月9日于有荷居

有荷居小语 ❋

锡兰印象

　　我又喜欢一个名字：锡兰。锡兰，就是你，于我，是远古的旧；斯里兰卡，就是我，于你，是最新的旧。像是互相的穿越，我感觉熟悉的气味弥漫在大地，让我选择来到这个古老的国度。锡兰和斯里兰卡，有无数的相同，却无法再相遇，在这个连空气都很慢的农业国家，一切慢得极合心意，有童年的感觉。除了喜欢"旧"，我发现自己原来还如此喜欢植物，在汉语的世界里，找什么词来表达呢？浓绿、浓荫、浓郁、浓艳……浓浓的一切；青翠、青绿、青碧、青葱……青青的一切。这些都不尽如人意，还是用那个古老的名字，可代表一切绿的印象：锡兰。

　　虽然，常常没有安全感，需要陪伴，但是，我知道，锡兰和斯里兰卡，只能留在历史的长河中，在时光里，在概念里，在习惯里——陪伴。

　　我不是小说家，不是散文家，也不是诗人，无须考虑文字的表达形式。我只是一个感受者，一个有爱心的灵魂。几千年的中国儒家文化，关于家庭的那一部分，在这里也得以展现：路边永远是一树红毛丹，一树黄金椰子，一树灿烂的红花，一树清雅的白花，一片宁静的葱绿，一片飘飘的游云，一丝纯净的空气，一路微笑甜美的脸庞。没有灯光的夜

有荷居小语

晚，夜是暗的，神秘的，深情的，幽静的，是真诚坦然的；没有手机、电视，文明是纸质的，慢慢地传播；没有红灯区，女人是安详的，男人是干净的。看一个人干净不干净，看他的眼睛就知道了。没有本能的恐惧，医疗、教育是免费的，连上大学都是免费的。医学院和艺术学院在路边相邻，浓荫蔽日的榕树看起来很古老，亘古而繁茂。小动物活泼地在你周围玩耍，除了绿还是绿，除了安静还是安静，花草尽情地生长，树木自由地存在，看起来都很古老，像中国的南疆。评论家说它文明程度不高，但是很唯美。我觉得，最高的文明也不过如此，当然，如果每个家庭都是由爱组成的话。

我的灵魂在茫茫世界中，丝丝游荡，与有些许相同的你相遇，便是一首小诗，或快乐或哀怨，最终都沉淀下来，成了一种病：思念。距离愈远，时间愈久，连不常吃的汇通面也充满了温暖和亲切。

马可·波罗笔下的锡兰是世界最美岛屿。坐在车的窗边，喜欢这种流动的景，有时会出现一段繁华，像家乡的"集"，人物和味道，又特别像南疆的"巴扎"。到处都是英文，你不能抹去它的历史痕迹，像五月花号登上美洲大陆一样，印度人来到了锡兰岛，还有荷兰人西班牙人中国人和英国人。也像一个人，诉说一段过往。路边卖水果的当地女子，笑着挥手，那一脸的真诚和善良，让你的心灵也变得更加纯净，陡生了更深的思念。一大片一大片的绿摇曳生姿，其间镶嵌了一团一簇俏皮的色彩；一波又一波的浪花，在窗外椰树林不远处徜徉；一曲又一曲欢快的民族歌曲，在耳边细语。这一切，让人的心中开了缤纷的花。哦，真是一个拥有最纯真微笑的国家。

微笑映在红茶里，茶树生长在锡兰湿润至极的土壤中，便享誉了全世界。琳琅满目的茶叶盒子中，我尤其喜欢那些图案美丽的果茶盒子，五十元、一百二十五元不等，像狮子岩的壁画一样古典而绚烂，充满了快乐和浪漫的味道，如少女裙边的点缀。说到点缀，不能不说最神秘最宁静的象征这个国家的蓝宝石，佩戴就是一种美的存在，在茫茫世界中"清风为伴月为邻"。锡兰的乳胶品质当是世界第一。它虽然没有工厂，但是，天然的资源让它非常优雅地行走在路上。

　　幸福的人往往都有信仰，大部分当地人信仰佛教，国树是两千五百年前印度送来的菩提树，恰恰它的国土形状也很像菩提树的叶子。国花是莲花，当你赤脚走在寺庙的走廊，手捧几朵白莲和红莲，你的心会突然安静极了，心里想：这样，一直这样，真好……

　　不知道自己描述了什么，没有主题。如果能留下来，那么我愿意住在某一个村子，到处都种满了树木和花草，所以住在这里和住在那里都一样，我依然在佛门之外，一身的尘埃。这个国家，好像没有"人烟"，唯一一条高速公路是中国援建的，包括港口，百分之八十的股份是中国的。地球，从人烟稀少的几亿人到如今的几十亿人，通往灵魂的路，除了爱，就是宗教，除了宗教，就是故乡。如马克·吐温说的："除了雪，这里拥有一切。"

　　一大清早，小儿又去游泳了，还是昨夜的泳池。在那灯火阑珊处，像是印度洋，它是否通往锡兰的故乡……时间久了，他乡亦是故乡。我依然喜欢这个旧旧的灵动的名字：锡兰。

2018年7月20日于咸阳

❋ 有荷居小语

广 州 站

　　旧，古体为"舊"，留旧也。爱玲说：照片是生命的碎片。几日的连阴雨，可能还要下半个月，雨浓浓，秋味浓浓，照了几张绿意的竹林，去花市买了点薄荷，身心俱清凉。今得半日清幽，便有了旧的感觉：旧，也是柔软的，一处安放自己灵魂的角落；旧，也是深情的，染了岁月的年轮，成了无韵的诗。十二星座里，唯一适合生活在古代的星座就是巨蟹了，我就是那个泥古的巨蟹。最近整理房间，在一个小纸盒里找到了几张爸爸的老照片，问妈妈时间，得知这是 1983 年，弟弟出生后十天，待完客，爸爸去广州，下了火车照的。妈妈还说："我以为这张照片再也找不到了。唉，老来多健忘。"

　　广州站是 1972 年迁到流花路的，曾经是广州无可替代的标志。流花，非常俏皮又逍遥的名字。每个火车站都有属于自己的故事，诉尽了人间的离别和相聚。如果可以回到过去，很想依偎一下童年的自己，我喜欢安静的慢慢的生活，心里觉得慢慢生活，就是珍惜生命的一种态度。春节，和家人去了广州几天，幸运的是，恰恰每天出门和回住处都必然路过广州火车站，每次，都对妈妈说："快看！火车站快到了。"就好像在说，快看，那是我爸爸。只是，每每经过，总感觉像少了什么，原来，"广"字是简化字，而爸爸的照片上"广"是繁体字"廣"。喜欢繁体字的"廣"，不仅仅是因为它的"旧"。时代的变迁，不以个人喜好为转移，2018年，广州火车站改造工程正式启动，未来的面貌一定是最鲜艳的，最时尚的，最舒适的，可是，我感觉，旧变新就像是谁拿走了自己最珍贵的东西，再也看不到了。一直都喜欢旧的东西，因为有安全的味道。再看照片，这个繁体字"廣"，透着深厚的历史感，沾染着汉字的意境，仿佛具有独特的灵魂，而且，本身形体也弥散着无与伦比的美感。

当然了，广场上的爸爸，很时尚，玉树临风，很男人。我庆幸有生之年见到了旧的广州站，释然了一些念旧的情绪，如果晚一步，它肯定只能永远定格在相片上和永久的回忆里了。

2018年7月5日于咸阳

一点哲学

日子就是生命。

二十多年前,表弟江月介绍了一本名为《人间词话》的书,那时,人间还是冷清的;多年前,买了该书,精读并作了一本笔记,人间便有了点温度。阅读的收获,除了给小女取了一个网名"一一清荷"之外,就是认识了纳兰性德。一日,重新翻开笔记,如遇旧友一般感叹,于是,那天去买了一些闲书,有余秋雨的、王小波的,以前买的盗版,这下补了正版书的情结,也买了心理学方面的书等,自己也需要调理一下。慢慢看吧。其中一本为《纳兰词》,共收纳兰性德全部词作三百四十八首,从此,人间开始有了思念,有了心碎,有了心碎的声音,也有了喜悦和陪伴。自然之心,自然之味,自然,段落中的某一个句子、某一句话……都是可以拿来慰藉心灵的。

没有什么能证明爱情,爱情是孤独的证明,而孤独,是绝对的。渡边淳一说:"人类社会里只有爱情从来不会进步,它不是一种学问,而是一种领悟。"我网购了两本一模一样的书:《只生欢喜不生愁》。一本给小女,一本留自己。当你在人生的各个阶段,遇到爱而产生烦恼,或者遇到了求而不得或者得之又处不好时,当你遇到无数可以烦恼的事情时，除了时间这一味丸药，还有一种办法：深爱。一个发小，他总是问我怎么任何时候定力都是这么好，好像心里有什么支撑着一样。我说，很简单，大部分人类都渴望得到爱，再计较爱，希望从对方身上得到安慰，而圣人都是从己出发给予世界爱，所以，我们应该学习圣人的智慧，不要无限放大自己的情绪，而要有所克制，情绪可以建立在自己内心。自己以外的人，如果对方也和你一样，极尽理解，忠诚，永恒，温暖……那么，世间就没有各种问题了。所以，至少，像母亲一样看待人和事，各种感情，包括爱情，一切都可以理解，没有最爱，只有深爱。国人缺乏爱的教育，那么灵魂深处怎么能安宁？大多数人终其一生常常是表演爱和讲道理。

当然，文字一旦涉及爱，就是千年难题，没有标准答案，但是，唯一可以肯定的是：像妈妈一样，像爱孩子一样，你才可以从爱中解脱，最终摆脱痛苦和纠结。当然，在一个范围内，你可以纠结一点点，享受纠结的快乐和痛苦。生命中每个人的出现都不是多余的，都有他的使命。如纳兰容若，他是我们人生的邂逅：在极深的内里，在书页之间的一个小小段落，都有无法预知的似曾相识："嫩烟分染鹅儿柳，一样风丝。""醒也无聊。醉也无聊。""秋雨。秋雨。一半因风吹去。""非关癖爱轻模样，冷处偏佳。"四季与轮回："那是今生。可奈今生。""落尽梨花月又西。""此时相对一忘言。""长安一夜雨，便添了，几分秋色。"一人，一书，一词，一个小小角落，一些亲朋好友，便安抚了心。

有的人，生于一个村庄，死于同一个村庄，一生没有走出过他的村庄，也是最完美的人生。每日上班，必穿过竹林。郁郁庭院中，枝也萧萧，叶也萧萧；日也迢迢，月也迢迢。

2018 年 6 月 3 日于有荷居

笔墨汉印

今天特别热,从外面回来,仿佛热气也跟随了进来,院子里空无一人,虽然屋里空调不停地工作,但那种窒息凝固的热,包围着每个生命。

那日,一个考古专业的朋友来科室咨询病情,中间闲聊了几句,谈到汉印。我也是似是而非,心里想闲了学习一下。今儿刚好:

夏日长长无所事,
帘外炎炎闲读书。
只言片语不觉浅,
静谧时光有时深。

关于汉印,整理了一下,简单地,浅显地,给烘炉中的你一丝清凉。西泠八家之一的奚冈说:"印之宗汉也,如诗之宗唐,书之宗晋。"汉印,气质上尽显仪态万方,浑朴自然,又天真烂漫,有先秦古玺的风趣和机巧。风致上平正、端庄,制作精美,品种极其丰富,风格多样,绚烂多姿。多以白文汉印为主,也有朱文(特称汉朱文)。清人赵之谦评论："古印有笔尤有墨。"汉印将浓郁的刀味和作者的笔意巧妙结合，文字变化极其丰富。汉代许慎在《说文解字》序中说："秦书有八体，一曰大篆，二曰小篆，三曰刻符，四曰虫书，五曰摹印，六曰署书，七曰殳书，八曰隶书。"秦代摹印篆略异于周时的金文和石刻文字，它在田字格式、日字格式之内。王莽时期定六书，分别是古文、奇字、小篆、佐书、缪篆、鸟虫书。汉印受秦影响深刻，随着印内文字平正填满之势日甚，形成了统一的摹印文字——缪篆，它尽管不用界格边框，但印面文字填充空间，古朴浑厚。汉武帝以后，印文逐渐平方工整，笔画多化圆为方，以适应印章方形的需要，笔画隶书成分浓厚，端重丰腴。字法在摆脱秦篆的约束之后，为了印面的均匀，笔画时有增减、挪移、叠损等。汉印中的文字，几乎每字横竖笔画都以五至七画组成，多者省，少者增，以便匀密饱满。当然，汉印印文排列多变，文字结体变化多端，又法度严谨，气势浑厚。汉印用途广泛，当时几乎是人手一印，或者一人多印，甚至有的人还用印殉葬。

汉印，于今日，如一道清凉的饮品，在深深的时光中照见。

2019 年 7 月 27 日于咸阳

❋ 有荷居小语

孤独的诗

  关于唐诗，每个人都有自己的特殊喜好，世人多喜欢李白及其诗歌，因其浪漫、阳光、理想、积极，而我比较喜欢孟浩然、王维。
  喜欢孟浩然是因为初中阅读一份报纸，那句"散发乘夕凉，开轩卧闲敞"直击心灵，但不知道作者，课本中也没有。后来知道了，便查了他的所有东西，的确是喜欢。我总是相信自己的第六感觉，而且，没有错过。李白的诗，大部分都在我的情绪之外。一日，读到《独坐敬亭山》，心里一动：他怎么能写出风格一点也不像是他的句子？应该是晚年所作吧，但也只是记忆里独特的一点印象，未细究。一周前在四海书城买了一本《王维诗歌赏析》，以现在的年龄再细读，便更多地了解了李白、王维、孟浩然和传说中各种版本的玉真。无论真相如何，一定是直入心灵的。王维，从小没有父亲，他性情温润如玉，"妙年洁白"，他深爱他的青梅竹马的亡妻，在那个多妻制的朝代，终生未娶，亦无儿无女。玉真，从小没有母亲，一直在复杂的政治斗争中生存，与王维的相遇，更多的是童年的相连，却打不开王维的心，看尽人间冷暖，不再留恋尘世。李白阳光灿烂，为她写了如仙的诗歌，但他叩不开她的心，她最终出家在敬亭山，一生亦在敬亭山。李白终其一生去过许多次敬亭山（在那个交通不便的时代）。他和王维一样大，同年生同年逝。人生的终了，李白的这首诗，更是繁华落尽的本真："众鸟高飞尽，孤云独去闲。相看两不厌，只有敬亭山。"他，心最终也留在敬亭山，但，他还是入世的。王维的这首"独坐幽篁里，弹琴复长啸。深林人不知，明月来相照"才是了无牵挂的出世之境。《独坐敬亭山》是李白晚年所写，有人间极致的思念和相对的孤独；《竹里馆》是王维晚年隐居时所作，有生命的彻悟和绝对的孤独，但又很自在。闻一多评价：唐诗到了孟浩然手里，产生了思想和文字的双重净化。我觉得，王维，一定是那个把纯净演绎到极致的人，他是南宗画派的开创者，可惜真迹无一存世，他是文人画的始祖，安抚了一代又一代人的灵魂："渭城朝雨浥轻尘""大漠孤烟直""人闲桂花落，夜静春山空""空山不见人，但闻人语响""青苔石上净，细草松下软""终年无客常闭关，终日无心长自闲""空山新雨后，天气晚来秋""山路元无雨，空翠湿人衣""荒城临古渡，落日满秋山""每逢佳节倍思亲……遍插茱萸少一人"……王维，字摩诘，维摩诘是一个在家菩萨，是以洁净、没有染污而著称的人。王维的一生，便是如此。

无论是"独坐敬亭山"的李白，"散发乘夕凉"的孟浩然，还是"独坐幽篁里"的王维，都是对生最真的感悟，最自在的存在，最亘古的寄托和最像人的人。"夕阳西下，塞雁南飞，渭水东流。"落英无语，逝水无弦。

2019 年 7 月 19 日于有荷居

几本闲书

刚刚回到家,买的书还没来得及翻看,炎炎无语。

和女儿两个人为一睹那个网红四海书城的芳容,下午三点多去的。觉得女儿婚后愈来愈爱我这个老妈妈了,有时候感动得自己都想多活几年。她总是想偷拍几张妈妈不经意时的样子。买了几本闲书,外加几个好看的本子,特别喜欢各种本子,东记一点,西记一点,到头来连自己也不知道所记内容在哪个本子上,只是知道自己记过了。

这本《梅谱》,仅仅觉得名字好听,封面设计也喜欢,所以就买了。就像好吃的菜品太多,不知道怎么吃了,买的几本都是自己所喜欢的,干脆歇一歇,等会儿再慢慢翻看。汉魏以来,梅,一枝独秀;宋元以来,梅,清香傲世;如今,梅,是一种文化图腾。封面的横斜舒瘦,应该代表了书中所有的语言——一种无言的韵。文字的韵,我不懂,只知道韵在中国发生得早,比如《诗经》。韵也是歌舞乐同源的遗痕,这不是我说的,但我曾读到过。就像诗可以群可以怨一样,梅,也是。

书店比较大,中间有窄的过道,相比那个天津网红书店而言,四海书城有小空间,有沙发,可以读书,天津的只适合拍照和游玩。现下,读书的形式比读书本身更吸引人,好不习惯啊,可能是我落伍了,但总觉得安不下心来。我喜欢把书买回家，躺床上，最好躺架子床二层。我平时也是这样的，开着台灯，深夜，一点点看，或有精彩段落了，或者小灵感来了，就会伏在桌子上抄抄写写。虽然没有什么用处，就是自得其乐，逢上有人说出一两句书中语言，便觉得已经是知己了，但至今都找不到知己。也罢了，本来，这都是不存在的事。读得散乱了，也就无人诉说，只觉得作者是知己了。

时光就这样慢慢消散，文字都在时光里，遇上懂的人，上前打声招呼，也不必看对方脸色，只认为对方一定也是喜悦的便可。香皂花是春凤妹妹从绵阳寄来的，粉色的花是女儿订的。我想，这花可以伴我含英咀华过一天。

2019年7月6日于咸阳

桐音承承

《琴史》这本书买了两年了,当时在第二页写了一句:"桐琴承承,善善一躬。"表明自己学琴的决心和对琴学的敬重。曾经粗略翻看了一下,一直没有时间精读。这几日闲暇,今日读完,摘抄和融汇一些喜欢的观点:

作者朱长文,宋代人,隐居苏州城西,筑"乐圃",著有《乐圃集》一百卷,南渡之后尽毁。时人曾以不到乐圃坊为耻。提起苏州,就想起心心念念的未曾去过的徐云鹤的松庵老宅,吴门自古都萦绕着人间的一段幽香。孔子的音乐审美标准:尽善尽美。《莹律》的最后一段讲:律的根本在于琴,乐的根本在于律。琴,盛行于尧舜禹三代时期,战国时,雅乐荒废,俗乐流行,人们厌恶和乐深静的乐音,喜欢靡靡之音。到了隋唐,又多以琴道为务,雅技少有擅长,连《琴史》的作者朱长文也只是"长文",而不擅长弹奏。今人的琴曲更多的是无法演奏,离古代越远,古声消失得越多。白居易的《废琴》说:"古声淡无味,不称今人情。"尧作《神人畅》,舜作《南风畅》,畅只用宫商角徵羽五弦,所以有远古琴味。这是唐以前仅存的两首有记载的"畅"。千百年来,《南风》是琴文化琴德的标志。表达和乐的琴曲称为"畅",

表达忧愁的琴曲称为"操",姬昌的祖父从古豳迁到岐山,作了《岐山操》,大意是哀叹戎狄侵犯和创业的艰难。不管是伏羲的龙吟琴、黄帝的清角琴、齐桓公的号钟琴,还是楚庄王的绕梁琴、司马相如的绿绮琴、蔡邕的焦尾琴,都是传说中四美皆具的琴器,美其名曰"尽美"。《琴史》全书六卷,前五卷为对先秦至北宋一百多位琴家的述评,第六卷为乐理专题评论。对我来说,开卷即是缘,偶得点点闲。感触良多,只能蜻蜓点水。

2020 年 6 月 24 日于有荷居

✿ 有荷居小语

独具只眼

  购得《大学诗词写作教程》一书，徐晋如著，作者系1976年12月27日生人。他是岭南学者陈永正关门弟子，书名也是导师所题，书中观点我也赞同多，有相同的感觉，能读得懂。本不喜欢讲道理的东西，但是徐先生讲得真不错，十二位名家的荐语，字字珠玑，"一灯高悬，只眼独具"。到今天暂时读了四十多页，讲到《切韵》，作一小段的读后感，后面的慢慢读，也是一种休息。

  读书的时候就想偶然也愀愀然唱一唱"天阴雨湿"，像在机场等待一艘船的到来，人类总在营造完美的人格，故诗词是完善我们人格的手段。人生不如意常八九，有一丝温暖人就会被填得满满的。诗是我们追求自由灵魂的一剂良药。至少，懂一点点吧。我喜欢术业不专攻，略略懂一点，色彩便显得缤纷，就像春雨绵绵时，淋湿一点是舒服，把所有雨丝都接纳就不美了。十几岁时，喜欢暑假一个人天天静坐在那儿绣门帘、绣布包，针脚也还像样，一份快乐自然而然，几十年了，为生活奔波，那一份爱好便沉寂了，有一次看到各色丝线，买了一堆，终是束之高阁了。

  《六一诗话》《诗境浅说》《饮冰室诗话》《石遗室诗话》《兼于阁

诗话》等，我一无所知。常常羡慕那些学习文科的，当然理科支撑了现实的天空，但文科让你在这天空下不干瘪。我国的文学传统实即士大夫、贵族文学传统，"汉之大赋，汉魏六朝之古诗乐府，唐之诗，宋之词，莫不如此"。当代诗词呈现的往往是声嘶力竭的附和，以及奄奄一息的仿古赝品。诗词的语言有其自身的内在逻辑，《诗词格律》《学诗百法》《学词百法》《白香词谱笺》，它们给予初学者的一切，仅仅是技术层面的。徐晋如的文字，用他的话说是在最绝望的时候完成的，你细细读之，可以感受到文字流溢的血性，那是文字本身迷人的色彩。吴宓先生说："诗者，以切挚高妙之笔，具有音律之文，表示生人之思想感情者也。"且不说清代金应珪称之为"游词"的那些诗，单单白居易的新乐府充其量是韵文体的报告式文字，而诗词，是要把生命作为祭礼的。诗人，应有"狷介之个性，独立之精神，自由之思想，特立独行，不同流俗"，或看似有一股不健康的气息，"楚之灵均，晋之元亮，唐之太白，莫不如是"。龚自珍说的"之美一人，乐亦过人，哀亦过人"，是诗人的灵魂。那些情感冲淡的仿照王维、孟浩然一类，应算是散文家。李叔同早岁词作："破碎河山谁收拾？零落西风依旧。……说相思，刻骨双红豆。愁黯黯，浓于酒。"社会生活不是诗的源泉，诗，是心灵的产物。白居易的"文章合为时而著，歌诗合为事而作"，在我看来是根本不懂诗歌的本质的一种观点。诗是语言的极致，《静夜思》在中国诗词漫漫长河中，只是一粒尘埃，极其平庸的一首，如果没有《古风》《蜀道难》《将进酒》，李白不可能是李白，《古风五十九首》的字里行间，皆是一种浓浓的人本情怀。李清照之父李格非说："文不可以苟作，诚不著焉，则不能工。文以气为主，气以诚为主，当情出肺腑，切忌斧凿痕。"诗的语言，需要修饰，需要美感，"可知诗当求深求婉，夫文胜于质则史，质胜于文则野，一定要文质彬彬，而后始可与言诗"。写诗之语可以不合逻辑，却一定是情感的逻辑。诗可以使人看到未来。"士先器识而后文艺"，讲的是诗的根基。比如杜诗，极尽赞美之词。那年去草堂，买了一本杜诗集，时隔千年也尤觉熟悉。诗，只能写个人的情感，那必须抛弃两种倾向，一是民粹主义倾向，一是专制主义倾向。诗的本质是自由，而不是反自由。"他年我若为青帝，报与桃花一处开"，只是几千年皇权崇拜的阴魂不散。"满城尽带黄金甲"，毫无美感可言，是对暴力和残忍的礼赞。诗词的语法不是主谓宾定状补，它是"汉字的魔方"（葛兆光语），是意象的语言，感觉的语言，而不是词汇的语言，也不是逻辑的语言，就如情绪中的第六感。绘画是通过具象诠释意象，而诗词，是先"感"后"思"的，比如杜诗"绿垂风折笋"，又比如《秋兴》中的许多名句，句法皆来自骈文，骈文的思维是艺术的，语法是感性而缺乏逻辑的，好的诗词是让词语的意脉跟随心灵的直觉书写最深切的意。这是诗词首要的特征："不涉理路，不落言筌。"吴孟复先生认为，凡文学作品，皆有"托"而非"直言"。其中托"事"为赋，托"物"与"人"为"比"，托"景"为"兴"。诗家语言多用比兴，以山喻愁，以水喻愁，"试问闲愁都几许，一川烟草，满城风絮，梅子黄时雨"。

在此举例清代词人蒋春霖一首《虞美人》："夜静凉生树。病来身似瘦梧桐，觉道一枝一叶怕秋风。"我觉得"一枝一叶怕秋风"写出了无语凝噎。这就是诗词体性的第二个特征："穷理析义，须资象喻。"

唐中宗李显在昆明池游玩作诗一首，一百多人和了这首诗，其中沈佺期和宋之问齐名，上官婉儿的评语是："二诗功悉敌，沈诗落句词气已竭，宋犹健笔。"钱起参加天宝十载礼部试而写的诗的结尾两句："曲中人不见，江上数峰青。"有余不尽的韵味，主试官认为结句"必有神助"。这便是诗词的第三个重要特征："竟体空灵，余意不尽。"

以上三个特征是唐诗的特征，唐诗侧重表现，宋诗侧重达意。从唐诗入手学诗，对于把握古典诗词的韵致更加容易；如果不满足于表现自然，而要表达内心，那么宋诗是一个很好的选择。如入手即为宋诗，则很难上窥唐人高境。学诗必须有门径。

2018年12月8日于有荷居

有荷居小语 ✻

傍晚时分

五月的这个傍晚,终于下雨了。

自己一个人组装了昨天买回来的铁艺花架,黑色的,特别漂亮。本想把多肉放得满满当当的,但买的那两小箱多肉放在上面竟然显得空落落的。傍晚,又去大门口买了一些。因为下雨了,多肉品种剩得不多了,花盆也没得挑,玉露配了粉色花盆,西之塔是砖红色的花盆,熊童子是黄绿色的花盆才显静气,山地玫瑰是蓝色花盆,红之玉是梅花图案的小白盆,蓝苹果是雅蓝色的花盆,蜡牡丹是灰白对比色的花盆,当然啦,桃美人极活泼,花盆是亚绿色的……

喜欢这样雨天的傍晚,把屋里白色的花瓶挪到阳台的藤桌子上。月季花是从老家带来的,粉色的是大门外路边上种的那棵,玫瑰色的是邻居王琴嫂子种的,她见我用剪刀在家门口剪月季花,就招呼去她家门口剪几枝不同色的,这些花由一枝洋菜籽衬着,便有了浓浓的家乡的味道。翻一本闲书,听一点音乐,此刻,雨越来越浓,浓浓的雨,生活顷刻慢极了。夜雨打在雨棚上,声音渐渐激烈,远处的车声人声也渐渐听不到了,仿佛自己坐在小时候的房檐下,听雨从天上落下来,绵绵不绝,奶奶安静地在我旁边发呆,眼神迷离、幽远,现在明白了,她也和我一样，想念自己的家乡，和那再也回不去的童年。所有的花朵都是喜悦而安静的。以我的养花水平，不知道它们能生存多久，但此刻，它们和我一样，只是静静地聆听。

　　落雨，一直是我喜欢的天气，没有之一。在故乡听雨和在他乡听雨也没什么不同，他乡亦是故乡。

2019年5月5日于有荷居

有荷居小语 ✱

洛阳印象

　　这是白马寺的凌霄花。

　　凌霄，哦，有一位叫徐凌霄的，他和徐志摩一样，是主张废止旧韵的人物。他们在当时是喜欢殖民文体的"新诗"，少了诗乐的合一，有复古的意思，就如古体诗的随意散漫。今人应该多多品味学习一点旧韵，否则便是与李杜以降的传统割裂了。对于我们这些掌握文言词汇太少的人群，格律太难了。几乎要绝代的诵吟歌唱，仿佛失去了歌唱的安静的土壤，如何解决韵书和现实语言的不一致呢？所以大众便只能生产浮躁的作品，少了静气，没有古味。我认为，静，能养古味。15日在西安参加了一场婚礼，礼成，大家又一起匆匆赶到洛阳，16日是另一场婚礼。这个年龄，多到了参加婚丧嫁娶的人生季节。也顺道去看了奉先寺的卢舍那佛像，卢舍那，目光淡淡，祥和，姿态宁静，安然地望着每一位游人和秀美的伊河，使浮躁的今人偶得一分静气，就如我们偶然读一读古诗，窥一窥旧韵。

　　洛阳和西安，就像一对姊妹，丝绸之路后不久，京城东迁，洛阳有六百多年的丝路风情。龙门和白马寺一直想去看，因为近，却一直未成行，就如在西安一辈子，没有上过城墙，居长沙一生，没有去过马王堆

有荷居小语

是一个道理。我真正稍微了解佛教，是1998年去克孜尔千佛洞，买了一本小乘佛教的说一切有部论的佛传图，精读，是我的阅读特点，后来不能看下去了，因为再看下去，就出世了。说得远了。寺里有一个美术展，是关于佛像的，展名"非相"。太写意了，我不信佛，只是想看看技法。所以和几个同学中途分开走了一会儿。竟发现了寺的尽头，有一个茶舍，名曰止语茶舍。小院、青砖、疏竹，人工制造的水烟蒙蒙，有石径，有灿烂的凌霄花，和寺里莲华青石铺就的院落相得益彰。长住此处，也足以舒畅幽情。"夫人之相与，俯仰一世。"国诗的清雅，七丝的古淡，宗教的神圣，书法的博大，山水画线条的品质都是纯净、空灵，而这些无限地接近人的心灵的本真，却没有一种方式完全会触摸它，包括语言。这，像极了写意。

刚进寺内，映入眼帘的是一池碧绿的荷，瞬间就消遁了炎炎暑气，想起周邦彦的"一一风荷举"，如一幅写意的中国画，又如散秋，淡淡的凉意，和寺尽头的止语茶舍，都是值得回忆的镜头。

2019年6月20日于洛阳

有荷居小语 ❋

一叶茶色

　　从丽江归来，忙了几天。想着一点脚印也该有一点文字，故写点散乱的东西。

　　老子的为而不争，乍看不合茶马古道的味，实质茶马古道却应了老子以自然为标准的通透的彻底的哲学观。此行的感受，在回家的几日里慢慢泛了出来，像雾一样飘荡在我周围。那木家别院与丽江古城原来是儿子与父亲为了一叶茶而设的。车行崖上，与古道并行良久。"暗上红楼立"，这偏僻的古城小巷在如织的游人的光顾下也安静娴雅地自成日月。关于云南的故事查了很多，听了很多，丰富而多彩，但我心灵有所感慨的还是丽江古城。许多人在讲述往事的时候会有文饰的成分，包括我自己，那不过是人对抗命运的一种方式罢了。也许你去某一个地方，是一种感觉，它是它的状态；你回到自己的居住地又是另一种感觉，它还是它的状态。可能你会把那个地方自然地和它的历史牵连为一体，久久地沉醉，使感触变成你生命的一部分。路上，我带了一本余秋雨的《中华文化四十七堂课》，新出的。每夜静躺在床上品读几页。"事无事，味无味"，中庸之道加上君子之道……

　　纳西人这样通透地理解接受汉文化，被此文化所化之深，远远超出

有荷居小语

我们的想象。淅沥的小雨中，我漫步在古城悠长的小巷中，走在坚硬的青石板上，倾听仿佛来自古代的脚步声，昔日与今日的繁华、宁静相互交织，毫无隔世之感。

描述什么事情我都喜欢用流水账，因为它完整、平淡、亲切。但今天不适合具体地写云南之行，因为没有具象，一切如游于华胥之国，只留一点感觉。旅行像是一叶茶，翠绿、宁静、悠远、苍凉、醇香、素雅宁馨。

2011 年 7 月 17 日于咸阳

有荷居小语 ✻

湖，可观

那天切了土豆丝放入水中，低头问身边玩耍的四岁小儿子什么是心想事成，他不假思索地说："就是土豆丝可以变成小鱼。"心中惊喜，好新颖，他常常就这样说些新奇诗意的童言，也许会被培养成一块文科小料。但他若真的成了钟国康，穿一袭黑衣飘到我这当母亲的身边，或许我会有些心伤；若他做了平凹的徒弟，出了彩，文笔了得，忧世伤生，看不到他活泼开心的样子，我恐怕也难以幸福。

和合机缘，立秋那天下午，和好友去观湖楼小坐闲聊，同去的有他的发小，一位学中文出身的朋友，长相酷似我的父亲。发小兄在另一个城市，爱屋及乌吧，我对他有似曾相识的感觉，相谈甚欢，席间小女儿作陪，方感岁月催人。在咸阳的酒肆饭馆中，当数此处有点娴雅的感觉，古朴清新的四合院，灰青色的砖雕、门口的石礅、盆荷和藤蔓，低矮浓荫的榴树。饭店处于湖边，但吃饭时却是观不了湖的。陆鸿渐说茶与醍醐，甘露抗衡也。若湖边置些虚室，建些木楼，能让食客静观天上云卷云舒，当身心俱馨。

如今的城市少些质感，多些脂粉气，若能与自然合一，当是极佳，清丽的一抹唯属观湖楼了，但它又多些官商气，穿着朴素的布衣行走在

❋ 有荷居小语

华丽中，与真正的疏淡简远还相差很远。咸阳尚需点染些文墨，方能依名城而愈馨香，也需多建些观湖楼，平民化的，方能使咸阳这幅纨扇多些古典的彩墨。

2011年8月12日于有荷居

有荷居小语 ✱

止语·臆语

今天翻到了五年前的一篇日记里的几句话，深有新的感触。

那一天，杨绛先生走了，我买的《我们仨》是 2003 年第一次出版的，那时就喜欢她，也许和她是巨蟹座有关系，我们差两天，所以很是懂得她，以她的口吻写了几句话："我只有一颗心，它仅仅住在我的心里，静静地，温柔地观望着三千世界，那些凡尘故事。这样，许多许多个春秋，你说它一百年也可以。我有一滴泪，它总是盈盈地落不下来，也许落下来时，我已经不在人间了。"

我渴望每次打开窗子，阳光都是透明的、轻薄的，空气都是湿冷的，早晨都是干净的，像我的心，尽量挣扎着让它少落下尘埃。闲下来时，我渴望写几个汉字，绣一朵花，抚一曲琴，细碎着，喜欢着，任由阳光缓缓溜过身边，带着温柔的气息，这样——变老。那些早一点走的人，我认识和不认识的，迟早我也会去的。我喜欢乏味，乏味也是一种滋味，忙忙而碌碌，自在而旁观，我知道你在想什么，而你，不知道我想的是什么——有趣而安然。点点和滴滴，那些汉字串起来，涓涓地，丁零地响了起来，你说它是太古遗音也可以，你不知道，那是常态。它，伴着阳光、细雨和俗气。俗气，也是一种气息，你只要拨弄了琴弦，俗气便生了，或深或浅，或浅或深，它是一种相对久远的陪伴，好像有三千多年的日子，它让你忘记了汉字的模样。你想出世得极安静，却又入世得极热闹。

  大雅就是大俗；没有俗，有些雅，肯定是常人看不到的。你觉得你阅尽了人世沧桑，当你坐在琴的面前，你的那些算什么，它包含的，是一片虚空。你懂得和不懂得的部分，你学富五车，你上下五千年，你只可能，唯一的办法就是：静静地坐着，止语，是你最好的选择。

2021 年 5 月 5 日于有荷居

有荷居小语

青　瓷

有朋自耀州来，贻我青瓷，色青翠，质润，静观有淡香似随风而来，夏日炎炎，却如沐春风。遂细溯她的源，方知始于晋，成于唐，兴于宋，败于元，止于明。

常说粗茶淡饭，三十多年前的老家，户户都有粗瓷的大碗和茶具，色青黄，质厚重，奶奶说均产于耀州。清苦的岁月里，常常是粗瓷淡茶相伴。奶奶最爱喝别人泡了几遍的茶水，说这样一辈子才不受人训。我喜欢梁实秋先生的《槐园梦忆》，反反复复读过不下十遍，2000年买的，定价17.2元。寂寞里秋去春来，《梁实秋散文》，它不在书架的一角，却常常在枕边、沙发上、卫生间的架子上、阳台上或随身的背包里……觉得女主角像我的奶奶。"梦忆"，先生的梦忆是诀别之后久久的忧思，是生意不再的残树的旅程。而我，是许多变故之后对奶奶的思念和对她的爱的终生的依恋。

奶奶是山东人，长得小巧可爱，十八岁的照片宛如一江南女子，离开我整整二十年了。她生了十个小孩，夭折了七个，抱养了一个，共养育四个儿女。奶奶爱男孩，爸爸是第十个孩子。因为这些，奶奶格外珍惜小孩子，她爱所有的小孩。那年阴历六月初三，我出生了，奶奶说我晚来了世上三天,否则,一定是个男孩,不信看看这鼻子、眼睛和头颅真像个男孩啊。

没过几天,爸爸招工去了铜川的一个煤矿,妈妈当选了妇女队长,这意味着我只有和奶奶相依为命了。妈妈天天开会,天不亮就走了,一会儿去大队一会儿去公社一会儿去县上,甚至去大寨,风风火火的,像风一样不见踪迹,奶奶说真不知道谁给妈妈取了"风云"这个名字啊。院子是几间土房子围成的,中间有一条碎砖铺成的小路,大门是木质的,很厚,上面用红漆书写着一些毛主席的语录,门口有两个石磴,我常常坐上边远远地望着那隐约可见的北山的轮廓,应该是嵯峨山吧,心里充满了向往,觉得好远啊,什么时候能进山里看看……我的家有右舍没左邻,因为是村口第一家,大门口和院子后边全是果树林子。20世纪70年代的陕西冬天很冷,雪下得很厚很美也极静,夏天很热,多雨,常常这边下雨那边晴,地下水非常浅,随便用铁锹铲几下就湿湿地渗出水来。知了特多,每天夜里去捉,几十个甚或上百个,第二天奶奶会炒得脆脆的焦焦的给我吃,所以,至今我的视力都很不错。后院那一片树林子常常是潮湿的,每每雨后,树根下生出许多鲜嫩的蘑菇,而树枝上长出许多光滑晶莹的木耳,当然了,这些基本上都是我的佳肴了。深秋,门口那几棵柿子树,枝繁叶茂的,坐果时,枝压得很低,红透了的柿子会啪的一声落在地上,声音很特别,如果恰有行人路过不小心也会"中奖"的。最爱喝奶奶酿的柿子酒、蒸的柿子糕……柿子树东边有几棵两个大人才能合抱的香椿树,每年春天,奶奶会做许多关于香椿的食品,实在吃不完的就腌制晒干储存起来,至春节一直有佐饭的小菜,在那青黄不接的日子里,香椿,是最美的蔬菜。当然还有那棵白果树,我常常爬到树梢,荡着、晃着,看着路上的行人和远远的山,树枝都被我的粗布裤子磨得光滑油亮。至于大杏树、核桃树,只有等它们的果儿成熟了我才肯爬上去。

静静的时光,偶然有亲戚来看望奶奶,他们常常会买点苹果和白糖,她从来都舍不得吃,而是放在那个黑色的大大的空荡的柜子里,上了锁,隔几天给大爷家的孩子和我切几片解解馋,一直到我三十多岁,还固执地认为放久了的绵软的苹果才是上等的苹果。假如逢过节,爸爸探亲回来,定会买些面包、糖果、果丹皮和麻饼。面包,太神奇了!那么大,那么软,那么香甜,天天吃,吃一辈子也不厌烦!可奶奶总是说她不爱吃,总是看着我吃,最多就说一句:"让我尝尝。"象征性地吃一小口,然后又会说:"我不爱吃,你吃。"假如是苹果,她会慢慢地削了皮,又把皮放在嘴里缓慢地嚼嚼,说:"太酸了,不好吃,我看啥都没有白馍好吃。"可是,最后她会连皮都咽下去。长大后我才知道,20世纪70年代,苹果和面包是多么稀罕啊。奶奶年老时最爱吃的就是面包。院子里养了三只母鸡,产的蛋一部分腌制在瓦罐里,一部分隔三岔五地给我吃,每次,她总是那句话:"我不爱吃。"粮食短缺,她就给我烙一个纯麦面的锅盔锁在柜子里,我饿了她就掰一块用白糖水泡了给我吃。白糖是爸爸矿上发的降温品,没什么菜,白糖是很好的东西了,一般农村人家都很少有这么多白糖。

  夏天的傍晚,热气还未散尽,院里就会支张大床,奶奶用一把大大的芭蕉扇缓缓地给我扇凉风,我则无忧无虑地躺在她身边,看天上的星星和月亮,听她讲她的过去或者一些故事和传说,只是喜欢看月亮,那时还不懂得"月如无恨月长圆"。爸爸十六岁时爷爷就去世了,奶奶有三个孩子,不是病死的,是被人偷走的,所以,她的眼睛要看见我才会放心。我几乎从没有离开过她的视线,否则,她会喊我的名字,会着急,像丢了魂。也因为这些,我长到二十岁都不会做饭,甚至不知道水在什么样的状态下才是沸了,真真一个生活低能儿。在那安静的小院生活,一直到那年的春天,我上小学了,一年级,学校离家很近,几分钟就到,可奶奶不放心,实在不放心,就站在门口西边那棵大杏树下看着我进校门她才放心,待到放学的铃声敲响,只要我一出校门,就会远远地看见杏树下一个黑黑的瘦小的身影,那么亲切的身影,当快要走到她跟前时都会情不自禁地跑起来,大声叫着:"奶奶,我放学啦!"欢快地投入她的怀抱。一进门,热乎乎的饭就端上来了,就这样,直到我上县中以后，政治老师讲旧社会一些地主饭来张口衣来伸手，我才恍然，当我第一次把饭端到奶奶面前时，她说："长大了，长大了，真的长大了！"

"最难消遣是昏黄。"静默的小院，静默的奶奶，她静静地安详地一个人默默等着她的孙女，相依为命的孙女。可是，我要上学，当我只能每一周或者每两周回一次家时，奶奶会早早地远远地守在大门口朝北方张望，一旦看见阡陌之中的那条路上出现了我的影子，她的小脚（她是缠足的）就飞快地向我小跑而来，我喊着："奶奶，我回来了！"她紧紧地抱住我，口中喃喃："我的乖蛋儿，我的乖蛋儿……"我长高了，而她只是停留在我的肩头那儿，奶奶显得更小了。每次回家，我就一把抱起奶奶，从大门口抱回她的小屋的炕沿上，她不停地说："快放下，绊倒了，这孩子……"我二十一岁就结婚了，第二年，有了可爱的女儿，当她第一次看见我的女儿时也是那句话："你看，长得多像个男孩，这鼻子、眼睛和头。"嘴里虽然这么说，但她极疼爱孩子，并没有因为是女孩而减少一丝丝爱，虽然她一直觉得还是男孩好。有一次，刚会走路的女儿指着桌上的一个东西要，奶奶就伸手去拿，不小心摔倒了，就不能下床了，躺在床上一年多直到离世。生命的最后，她说没吃过馄饨，不知是啥滋味，听人说很好吃。我很后悔当初为啥不去县城给她买一碗馄饨，十五年后我第二次怀孕，反应很重，能吃点东西时第一想吃的竟是馄饨皮儿，每天去沈家吃一碗馄饨皮，吃得很慢，默默坐在小凳上……思念，是浸在细胞里的……终日的忙碌，情如止水，慢慢地，心结了厚厚的茧，厌倦了世俗的无聊和喧闹，学习一点书法，看一点书论，渐渐地发现世间的风景如昨，重读一些文章，才可品出些滋味来，子曰："古之学者为己，今之学者为人。"此句用于书法，用于生活，亦然。

常常，想我的奶奶，我心里唯一的确切的安全的可寄托的温暖的角落，总想用一个词形容一下她，比喻一下她，却觉得汉语竟也是这么枯涩，许多词语终不是那么解意。今天，这翠而润、静而淡、绵而温的青瓷，令我想起奶奶，我深爱的奶奶，从我呱呱坠地之时就与我形影不离，温暖我的生命，却在我刚刚成人就永远离我而去，带走了我的真实的欢乐，连同那棵杏树，那几棵柿子树，那几棵香椿树，她都带走了，留下我一个人在这清冷的世间度日。她的前世一定是一件温润的青瓷，二十年后的今天，降临尘世陪伴她的孙女，也许，这就是人间传说中的缘。

2012 年 8 月 29 日于有荷居

❋ 有荷居小语

解 味 人

谁能视世俗淡如清水？他，周汝昌，2012年5月31日1点59分于家中去世，终年九十五岁。

傍晚回家吃饭想看看新闻，就是这条迟早会来的消息，让我于俗务中已变迟钝的心沉了一沉。恰巧小儿和妈妈去中华广场看幼儿园的儿童节表演，遂特意关了灯，燃了烛，听一曲古琴，默默翻看那书柜上落了轻灰的一本本汝昌与女伦玲合著的许多书：《石头记：周汝昌校订批点本》《红楼十二层》《红楼真梦》《定是红楼梦里人》《周汝昌红楼内外续红楼》《红楼夺目红》《红楼无限情》《周汝昌梦解红楼》《周汝昌点评红楼梦》《和贾宝玉对话》《红楼小讲》。曾经，每每书店里有他的书就买回家，喜欢他的调，他的韵，他的味。常常，于孤寂时，细细品味书中的每一句心得，真是：亦师亦友坐听他，往事说曹家，津沽之地钓生涯，旧梦溯芳华。

《红楼无限情》系汝昌自传，人的一生中，情有所寄三件事：一是故乡，二是宗教，三则是爱情。无一样是可视可触摸的。对于他的自传，那令他魂牵的碧海红桑，随时光的流逝只能定格在童年，旧时风土也只能梦知，梦知的东西无法感知，便以美丽的影子沉淀下来，成一完美而令人神往的境。他母亲的藏书《红楼梦》，似一颗种子，让此境在雪芹的红楼里得以重温，但却不是那情那景了，汉语里便有了怀旧和感伤，有了孤独和幽怨，再美妙的晚景，个体终显得凄凉，但情得以寄。

汝昌的红楼情结，对它的结构学的剖析，考证的一鸣惊人，是大的学术方向，喜欢他的关于"情不情"，他的自谦"坠露添流"，他的"不关风月"，他的"意淫"，他对爱玲的认可……到头来，不知是喜欢汝昌还是喜欢雪芹，因为他们太像了。词美味悲的红楼啊，诗意的小说。古云："红是相思绿是愁。"大观园里第一副对联曰："绕堤柳借三篙翠；隔岸花分一脉香。"他对湘云的情有独钟，所谓"数去更无君傲世，看来唯有我知音"，所谓"湘云四时花"……读书只自遣，雅趣与谁言？他说红楼梦的妇女观是天上星河，而尘世，谁知天上星河？梦里难寻几个。汝昌的"一卷香消茶冷时""为芹辛苦复何辞"，更让人觉得一种纯净而又淡然，真挚而又缠绵，执着而又凄然的气息扑面而来。

《金刚经》言："一切有为法，如梦幻泡影，如露亦如电，应作如是观。"雪芹称"二如居士"：如梦如幻也。他自称解味人，当缘于"满纸荒唐言，一把辛酸泪。都云作者痴，谁解其中味"。今天，事实上我与汝昌已是阴阳两隔了，人生，聚聚散散似云烟，真真假假解味人啊。上夜班路上遇上妈妈和儿子看演出回来了，妈妈说："我们在这儿等你，我问他妈妈怎么还不来上班，他竟然说妈妈肯定在家里发呆吧，你这儿子太怪了。"我笑了笑，是呀，发呆一词从他的小嘴里出来，日子突然就多了点趣味，的确是呆了一会儿，因为一颗流星跌落了……再也看不到他的笔端流溢出别样清丽淡雅自然脱俗的文字了。有谁，还会著书黄叶村？"开谈不说《红楼梦》，读尽诗书也枉然。"汝昌，用一生的精力、智慧、情感，最完美地诠释了《京都竹枝词》。

依他的遗嘱，昨天、今天定没有纸灰飞扬，一定是安安静静地走了，就像我此刻安安静静地关一天手机怀念他。但在我心里，他真的没走。

2012年6月1日于有荷居

✽ 有荷居小语

立 冬

　　学完太极回来，疲惫中方知今日立冬。昨天有花市，正好下夜班，就买了菊花、春兰、蟹爪兰和茶梅。茶梅是玫红色，放在阳台外面，一朵，却很灿烂。兰花的盆是黑色塑料的，当时没挑到合适的，一个老头说下一个集市给我带一只墨绿色的陶盆，我一定会看上的。烧了水，伴一杯白茶，小炕桌上拼凑一点文字，文字可以暖心，也许立冬的今天，你不觉得冷，但是还是立冬了：

　　　萧索往复数度凉，
　　　窗前瓜叶已青黄。
　　　飘去柳絮不几日，
　　　移来新兰一缕香。

2019 年 11 月 8 日于有荷居

有荷居小语 ✺

最喜欢——喜欢

　　喜欢一个人久了，看见他便平添了亲切，比如，我喜欢董其昌，读过许多关于他的文字，十分欣赏他的作品，无论是温秀的笔墨，还是平淡的风格。天赐机缘，那日，苏州博物馆正展他的作品，果然，见作品如见其人，无比亲切。隶书被他拉长了，有了俊迹；画被他评论了，字字珠玑。比如倪瓒，他的寂寥，他的洁净，他的凄清，笔法没有藏锋，只有自在。

　　喜欢一个地方，喜欢一种味道，久了，也便没有了生疏，比如苏州，比如苏州的姑苏区。旧城，总是有旧的痕迹，有亲切的味道，暂住姑苏，染一点她的烟火气。古街上，最多的是旗袍店、扇子店和绣品店。苏绣纤巧、轻灵，费线不多，寥寥几针，透明朦胧的白色桑蚕丝底子，被几根丝线缠绕，便惊艳了岁月，安抚了灵魂。分不清苏绣、蜀绣、湘绣，只是觉得初学宜学苏绣，它平平顺顺，针法不是那么丰富，丝线缠绕方式不是那么繁杂，材料、过程和结果都是那么平淡却直击心灵，像极了吴门画派的风格：文静、古雅、自然、传统。所有的喧闹都在苏州评弹的古调中瞬间安宁，时光呵，今夕何夕？

　　一个人睡了一天，晚上十一点左右醒了，临摹了一幅山水画，山

❋ **有荷居小语**

水在心间,荷花虽失了色,也干枯得可爱。此刻,窗外有雨,正是我喜欢的夜。待天亮又可以睡一个白天。想起一句话:人在无事时才像一个人。

2019 年 8 月 25 日于有荷居

有荷居小语 ✽

英声留声

昨天清晨,特意去拍了这张天桥的横幅:横渠英声。

今天写一篇日记,算是节日的慰藉。

节日就是享受妈妈在身边的日子。六点多就起床了,这对我来说是很少见的,以前总是睡到饭菜上桌。现在,不好意思起得那么晚了,就早起扫地、拖地,门口地里转转,村子的清晨宁静,有一点冷。半躺在摇篮里继续看李仲唐的口述。想到岁月中的传承都是随时代的潮流起起落落,像古琴的前世今生。因节假日回老家,琴也带回来了,三个凳子拼成一张简单琴桌,琴回到农村声音也变得纯净许多,就像人。

关于横渠先生,网上内容极尽详细。"关学"产生于那个久远的宋朝,其中一个流派和我家乡的"宏道书院"密不可分。讲宏道书院就像讲唐朝,重现是遥遥无期了,能考几名大学生就算是复兴了。宏道书院位于县城北边,是陕西省明清四大书院之一,它的建成是三原关学形成的标志。到了清朝,年羹尧任陕甘总督时,将陕西省最高教育机构——学台,从西安迁到了三原。自此,三原县就成为陕西省的教育中心。光绪时,书院造就了于右任、吴宓、张奚若、范紫东、张季鸾、李仪祉等一批民主革命的学者和先驱。陕西曾派遣的官费留日学生半数以

有荷居小语

上均出自宏道书院。历史，是沧桑的，也是浪漫的。就像横渠先生张载认为的：宇宙是一个无始无终的过程，其中充满了互相矛盾对立的运动。也像人的本性。此刻，阳光渐渐灿烂起来，妈妈种的老品种豌豆也煮好了，我吃着它写东西，感受到一种久违的惬意。大门口远去的叫卖声"豆腐、凉粉、芝麻酱"，反复吟唱的，是那永远的秦腔。

今日有闲情，读书、抚琴、吃豌豆，香菜花开默默，书堂历史绵绵，过往岁岁，来去年年，睁眼看时，却只是文字。

2020 年 5 月 1 日于三原

观石齐画展有感

画如其人，听闻石齐及其学生的作品在清渭楼展出，我便来略带犀利地欣赏一下。

作品，有些漆书的意思，张海曾借助的灵感，刷了一片天地，石齐也"疯疯癫癫"地借助了西洋的外力，精心勾画了中国画细致的部分——是不是中国画不知道，然后好似醉了，涂抹和最后刷几个层次，刷子仿佛有了灵性；具象不能丢弃，所以仔细一点；抽象不能没有，模糊一些；感觉不能清淡，因为人们都太麻木了，必须幅幅要"麻辣烫"，色彩斑斓，对比强烈。空旷又安静的展厅，古典的乐声和醉醺醺的画面，极其不和谐地共处一室。我也是相处了一个下午，随后又去逛了商场，看看世俗的画面，也是一种消遣，人造的景色重重叠叠，凌乱不堪，真实的景色也是重重叠叠，凌乱而热闹。人这么多，孤单不孤单，常常是看起来孤单的人往往不孤单。享受孤单，享受清淡，偶然热闹，这才是最贴合心意的存在，至于不对胃口的画，就像不对胃口的人——都是人间的大概率事件。

傍晚，静坐下来，思考为什么书画的世界发展到现在是这样一个局面，心里只得出一个结论，那就是有了这个怪胎——创新。

其实，人在最低处才能看清楚事情的真实面目。每个人都带着各自的审美观点去看世界，我也是。画家如果深于览赏，行遍名迹，不以财名掩盖德学，守正创新，所画作品，具备传统绘画的苍朴气质，清雅韵味，或者幽远脱俗，兼备物外之趣，多少有些书卷之气，画面见笔见墨，意境深远一点，落款结字绵密一点，若画山水，无论近法倪云林还是远宗黄公望，人物画呢，可取法顾恺之也可效法吴道子，对"阴阳无停机"深得于心，把"执中精一""穷理尽性"为首要修为，那么今天的展品也可能不在这个清渭楼了。没有大道至简的修为，换言之，此门不开，最终也是枉然。

中国画，几千年的文脉，不是靠一点中西合璧的激情就可以推陈出新的，中国的味道，是草木在温和的火候中经过千年的酝酿慢慢形成的文化符号，它，深深地刻在每个华夏子孙的血脉里。虽然书画乃小技，但，它永远和大道相通，就像古琴，你可以用它弹奏摇滚乐，但是，它宁静的气质让你不得不停止你的无知无畏的举动。

我对石齐的技术非常敬佩，对他的画不敢苟同，对他的人也没有什么看法，毕竟，是一个陌生的人。我希望在平凡的世界里，能多欣赏一些中国味道的中国画，它会让人的心在清冷的尘世得到一种温暖和安全，一种灵魂深处的岁月静好。

2018 年 11 月 11 日于有荷居

有荷居小语 ❋

做个锦囊过节

　　有温度的传统节日，做出来的香囊也有温度；有爱的孩子长大了，历尽沧桑，也一直会带着光生活。

　　缤纷的色彩，在长长的农耕时代，点缀了素素的日子；静静地缓慢地缝制，在这个日新月异的现代社会，也点缀了喧闹的日子。身上携一点古意，带一丝古风，会削减些许干燥和思念。老家的榴花应该开了，如果奶奶还活着的话，一定会缝制一个小桃心状的香囊给我别在衣襟上，透着浓浓的香味。再有几天就是端午节了，十分忙碌。昨晚，做了香囊，第一个香囊，粉色的锦，没有铜丝，就用缝纫机的穿针器，辅助做了穗子，配了红色的珠子，珠子是那天专门去人民路一个店里挑的，这个打算给弟媳，因为她说这个布料她喜欢。第二个用蓝绿色的锦，是一种日本和服料子，厚而且硬，准备配黄色的珠子，应该好看。当然妹夫也要一个，他是他家老大，但在我眼里都是孩子，黑色底子红色花纹的锦就留给他了。儿子说天蓝色的锦给他，别在书包上，要有玉佩。弟弟说要一个大点的荷包，拴在腰上装钥匙，明天再给他做，他有时像个孩子一样灿烂，我喜欢看他开心简单、无忧无虑。女儿说她同事要两个，又怕我做不出来，但我是一定要做，

有荷居小语

加班也要做。我给她买了一个,她撒娇说,要妈妈做的。忙了一早晨,日子就匆匆溜过身边了,空气里满是丝丝甜蜜的味,又是一个端午节的前奏。

人活着需要有一些联系,这些联系就是深深浅浅不同的爱。做妈妈的女人,一定要好好活着,因为,端午节,你要给你的孩子们一个香包。当然,记得发朋友圈呵,因为朋友,都在那儿。

2019 年 6 月 1 日于有荷居

有荷居小语 ✻

臆语零星

  这会儿外面像是起风了。屋里也闷热，关了空调，开窗，叶子绿绿的，随风阵阵地晃。新建的综合楼有了灯光，院子也快建满了。到我离开世界前，最好能保留那片竹林，它是二十年前我唯一有念想的存在了。
  一直喜欢带"铺"字的地名，小时候妈妈在农村，爸爸在铜川市，假期肯定都在爸爸那儿过，记忆里的五里铺、七里铺、十里铺、漆水河、西瓜、冰棍、野鸡毛以及合欢花树，后来的伞铺街的栀子花、广元的枇杷树、阿克苏的合欢花一条街、广州的榕树，年龄增长的原因吧，越来越喜欢植物了。在这个地名相同的七里铺也居住了二十年了，世界上叫七里铺的地方很多，而时光易老，岁月匆匆。今天下午一个新材料要进科室，替代三氧化物聚合体，新材料是玻璃陶瓷中的佼佼者，纳米级别的，零收缩，微膨胀，三维封闭，就像人群中的金玉一样品质的人，少，总是存在。楼口玉兰树的旁边冬天植的紫薇开花了，金桂也浓浓地生长着。都是中国特色的，不知道别的国度在庭院里会种植什么树。前几日刚刚把丝瓜架子重新搭了一下，过程中自己不小心推倒了多肉架子，最喜欢的几个花瓶都摔碎了，心疼之余，随意放了几本书，花

❋ 有荷居小语

架子看起来不空落了，还变成了书架子，心也不是那么空了。院子里的一个叔叔，八十岁了，微信给我发了一张我家阳台的照片，他是《中国陶瓷》杂志原主编，诗书文俱佳，就是牙齿不佳，阿姨也是下得厨房又上得厅堂之人，两个人是我见过的琴瑟和谐典范之一。

  昨天傍晚，去七里铺买菜，见一新开花店，不由得进去看看，有一丛白色小花，问是什么，答曰"青梅"。在这炎炎夏日，听青梅二字就清爽许多。随便买几枝吧，再来两枝桔梗，拿了花便去买菜，回来又路过花店，年纪大了，老来多健忘，忘了花叫什么名字，复在门口问她，又答曰"青梅"，转身离开，远远听见花店里传出一句"也叫相思梅"。忽然有点尴尬，这么老的人，买什么相思梅，低头看看手抱着的青梅和提着的蔬菜，它自是极其清雅，心里想买了就买了，路人也只知道叫"青梅"而已。

2019 年 7 月 4 日于有荷居

有荷居小语 ❋

雨　色

　　这会儿下雨了，就是下雨了，仅仅是下雨了。
　　我很喜欢这样的天气。远处的布谷，近处的杜鹃，雨声悠远，像是小时候的秋季，雨从瓦沿上落下，连绵，无尽，时光恍惚。一个人去看雨中的大棚，菜农五十七岁，很熟悉的样子，也很陌生。他在地头搭了简易的房子，树枝砍得整整齐齐，摆成了一堵墙，养了三只兔子，雪白的。他不好意思地忙碌着，说有一只兔子快生了，去拿砖头准备垒一个窝。问大棚前面的坟是谁的，他说是他父亲的，坟前种了玫瑰色的花，很灿烂，很繁茂，还有几株矮树，枝叶摇曳。回到家门口，遇到罗大娘来找我，顺便去她的家，八十七岁的罗大娘，又和我续了昨天的聊天，昨天她来我的房间，说了一点几十年前作家来村里劳动改造接受再教育的事，关于柳青，关于杜鹏程，关于胡采，关于红楼梦，关于那个年代。雨渐渐大了，我说回家，其实她家和我家中间就隔了个教堂。门口妈妈种的花和一片洋菜籽，清明节时，它是一片黄色的小碎花，今天是一片别样的绿，没有人居住的院子，植物就自然地老，还有这白色的小花是香菜的，在雨中也是莹莹地醉人。后院枣树、核桃树，因了这雨，枝条像浸染了墨色，有了意。野菜无人光顾，生在水缸旁，也是一道风

❋ 有荷居小语

景。回家的雨天,一定要睡觉,躺在这儿,想着,如果我奶奶还活着,她定会穿一身黑色的大衣襟,自己盘的扣子,小脚,缓缓地走来,温和地说:"莹莹,你回来啦……"

不管时代怎么改变,唯一不变的,就是这千年的雨,雨落时,无不扣人心弦。雨声清冷而静,洁润而远,静与古会,像极了琴。

2019年5月3日于三原

有荷居小语 ✻

静美的院子

"一夕高楼月,万里故园心。"我不知道人为什么都这么忙,也忙着过年。

年的传说很多,因为是传说,就没有人去考证了,年兽也罢,夕兽也罢,相信它的存在,年就有些趣味,就像你相信上帝造人、造物,那么下面的故事就很有意思了。节气上应该是大寒了,有道是"冷风生寒意",阑珊处,却尽是盈盈笑语。舒心亭的梅和兰花,我更喜欢那个梅花,因为它是粉的、温暖的,应了今夜的景。门诊楼的"大医精诚"和"横渠英声",是医院形式美的点睛,急诊门前小家碧玉的装饰,更有几分人文味道,毕竟,夜晚的急诊科是患者唯一的希望。如果有一天,我们国家的人医病不用考虑金钱,医生也不用出面和病人谈钱,只负责看病,那么,一定是一个美好的"乌托邦"了。下意识里,总觉得自己在本质上是"乌托邦"的,所以看起来幼稚。不过,幼稚,也是我一直喜欢的,喜欢幼稚的一切,我渴望自己再幼稚一点。幼稚,是一个极其舒服贴心的存在。

灯从眼前过,人是回乡客。回到内心,是生命的终极完美。书法、绘画、音乐、读书、手工……都是可以化解人生诸多无聊的。当然,这

❋ 有荷居小语

曲径通幽处,火树银花的夜色,都告诉你,形式美也是美,世上最拨动心弦的往往是形式美。院子也有音乐给你听,那些古典舒缓的乐曲低低地环绕在身边,当你漫步在竹林、小道,你是不是病人,你得的什么病,又有什么分别?毕竟还活着。常言道生老病死,你只有经历过其中一件事情,才可能对人生有真正确切的醒悟。我出生那天,听说奶奶把胞衣埋在压水井旁边的小花园,过了两天,土里长出一个像碗一样大的雪白的蘑菇,就一个,还那么大,还那么白,在清晨显得触目惊心。奶奶有点害怕。恰恰邻居罗大娘(她是有文化的人,曾经在我十一岁那年把她家里的《红楼梦》书借给我看)过来看我妈妈,她很会说话,说,这是好事啊,这个闺女将来长大了会当医生的。奶奶将信将疑。小时候,我想过当老师、当画家,就是从来没想过当医生。但是,命运,谁能不信呢?

这个院子,这条路,几乎每天都走,唯有今夜的院子,会让人在心里静静地感受到年要来了。它不需要很热闹,只需要你洗涤自己的尘心,保持一颗诗心,如果岁月也有一枚收藏印,我愿意把它钤在今晚的夜色里,因为,一切都欣欣然。

2019 年 1 月 20 日于咸阳

有荷居小语 ❋

一条围巾

安静的一天，光线斜斜，洒在风信子上，它已经开了三天，粉粉的一簇簇堆积着。

粉色的风信子旁边，玻璃桌面上静静地躺着一条青红染的围巾，浸染着自然的风情，包装古雅，通体轻柔如丝，温暖如春，古老的工艺，有直入心底的唯美色彩和那看得见的草木之香。记得小时候，奶奶用那种商店买的小包染料，在铁锅里染布料，黑色的，所以现在所有类似的东西都会不经意触到我心里柔软的地方。我的奶奶，我生命里最温暖最亲近的人。刚写到这儿，一股香气飘过来，小惊喜，是风信子啊，特意闻了闻，有些浓郁，且愈来愈烈，买时不知它是什么色，原来它还有花语呵，红色的花语是

有荷居小语

让人感动的爱。奶奶、妈妈、儿女、弟妹还有小鸟儿叽叽喳喳,我们在世间小小地活着,从不知来路与清醒去路,自然而然,有时,一朵花,一条围巾,一句话,都是最美、最暖、最纯的爱。

毕竟,时代的变迁终究是抵不过一场花事。

2016 年 1 月 10 日于有荷居

有荷居小语 ✽

小 屋

"冬日不胜寒，只向风荷语。"本来，我想把妈妈让我住的这间小屋装修得灰一点，暗一点，静一点，古一点。可是，也许我的童年、少年、青年、中年、老年一般都是灰色的、暗暗的、静静的、古古的，所以，最后我想，还是住得温暖一点，热闹一点。

简单铺了床，摆了一点从城里带回来的装饰，那三支羽毛是从威海小心翼翼拿回来的，那白色的绢花是在广州一个书店买的，共两枝，城里一枝，乡里一枝，日子就素素清清地安静些了。画呢，还没有想好，但打算还是挂几张照片，比如我喜欢的亲人、同学、朋友、风景，不但温暖，而且热闹一些。我想明年休年假哪儿也不去了，在这个院子里住一住，在田野里跑一跑，在农村的同学那儿串一串，毕竟几十年了，还是故乡最亲、最安全、最静心，也最遥远、最陌生。前天回老家是因为我的伯父头周年，时间的消逝是无奈的，就像人的存在，死亡的存在。人生如此偶然，和宇宙相比，又如此无意义。人生所有的意义都是人自己赋予自己的，赋予的意义越多，人生就越丰富，丰富的感觉便可以抵挡空洞乏味又无聊的真实，也因为丰富的感觉，我们才不用思考死亡的存在，对于活着的人来说，死亡太遥远了，即使已经一百岁。因为丰富的意义，生，才变得有趣，虽然有时也会焦头烂额，那一定是一种思想的纠缠，在这里生活和在那里生活，相对富裕和相对贫穷，习惯了，就是一种美的存在——如果，你赋予自己足够多的意义的话。

在后院的杂物里发现了一个几十年前的算盘，也是我的人生里用过的最老的一个物件了，妈妈说是八毛钱买的，我还用它给村里算过账，一个叫齐二玲的阿姨，让我帮她算村里那一年的账，后来，还给我教了珠算的乘除法。如此精美的一个小算盘，在我的脑海里黑漆漆地发亮，小学二年级到现在也不过几十年的时间，就已经被岁月折磨得失去了所有光彩，那几百年、几千年呢？时间，总是最终的胜利者。

我是荷月出生，清荷、青荷、风荷、万荷……所有由"荷"这个字组成的词，还是喜欢"有荷"，它更温婉一些，暂且叫这间小屋"有荷居"吧，也算是我自己给自己赋予的一个"意义"，自己也便活得有一些"意义"了，虽然，我只是尘埃一粒。

2018 年 12 月 12 日于三原

有荷居小语 ❋

武 康 路

　　生命是极其有限的,自从看到关于武康路的那篇文章后,就有了想来的一点念头,花费一点时间感受一种旧时的生活味道,哪怕是几天。唯愿一切修缮是"修旧如旧"。

　　想穿件旗袍,可毕竟年近天命,发丝斑白,有作秀的样子,终是不好意思穿,便将其搁置在衣柜里了。有时觉得很年长了,那些七八十岁的人还是孩子;有时又觉得还很幼稚,却也这么几十年了,时光如流水。语言的起源都是约定俗成,一般性的,而人们却努力尽情地用普遍的语言描述某一件事或某一清晨。那一枝一叶的零落和午后看起来温暖的阳光——冬日的。一直以为是中国梧桐,来了才知道是法国梧桐。历史上福开森路(即武康路)位于法租界西区,应该种法国梧桐了。想买一本中华书局出版的《武康路》,闲了品味一下,可惜今天买不到了。最喜欢这儿的建筑:法式的、西班牙式的、英式的。武康路的建筑,风格唯美多样,充满异国情调,又古典隽永,当然也泛着殖民文化的味道,历史久远,路上各位主人公的故事内容丰富,或清丽或沉重,五味杂陈……

　　不管是393号那栋地中海风情的房子,还是有浓郁法国文艺复兴风情的武康大楼,或是395号塔司干柱廊的巴洛克建筑,当然还有盛放巴金《家》《春》《秋》的113号,三十多个别墅,邻街的部分几乎被黑色的铁艺风笼罩,每一处都精致得很上海,每一处都浪漫得很欧洲、很法国,说不清是哪一种技巧,就像写意的中国画,你只能觉得很唯美,很安宁、很精巧、很幽怨、很典雅……你也许会觉得社会、历史、人生终是"不过如此"。

你可以什么都不想,简简单单欣赏每一个建筑物,本身就是一种休息。想起林徽因关于建筑意的描述:"无论哪一个巍峨的古城楼或一角……无形中都在诉说,乃至歌唱,时间上漫不可信的变迁……还有超出这'诗''画'以外的意存在。潜意识里更有……'凭吊兴衰的感慨'。"别墅的照片网络上很丰富很详尽,这张图片是入住的小别墅。如果你来只逛武康路,那么不要错过这最近的温馨清雅之地,连名字也动听:苏荷别墅(老上海法租界店)。我想,如果是"有荷""风荷",会更有韵味。恰恰此刻窗外下起了小雨,细细咀嚼还是"有荷"更婉约,想,如果有一个小院子一定取名"有荷",或者治一方闲章"有荷居",也纪念一下我是荷月所生,凭吊一下自己,终是"生存华屋处,零落归山丘"。

2018年11月17日于上海

有荷居小语 ✵

薄　荷

　　下雨了，瓷瓶里的这一枝薄荷绿绿的，是从阳台外的花架子上折的，傍晚，找到"四书五经"，上有一层薄薄尘埃，拂去，翻开读之，在此模仿一首，为端详的这枝清凉薄荷：

草之凉兮，置于瓶中，唯叶莹莹。
诗册于桌，集于心中，其味淡淡。
草之香兮，溢于屋中，唯形虚虚。
素笔于侧，集于手中，其形实实。
言古言今，细雨愔愔。年年岁岁，
当此黄昏。梦里梨花，深掩重门。

2018年6月24日于咸阳

廊桥漫思

自从古渡廊桥建成后一直想去看看,但就像在西安居住了几十年也没有登上过城墙,在长沙旅居几载也没有去过马王堆汉墓一样,人类天生的懒惰心理常常让我们错过许多风景。

昨晚,心里堵得慌,忽然就觉得这世上无处可去了,便一个人散步,不知不觉天色已晚。柳疏风淡,行人渐少,自己像一个一无所有的老人一样一路听着陶笛,走到廊桥下,远远地看着横在眼前的桥,红色的基调,灯火阑珊,此番况味比唐代建筑的华贵多了一些凛然。从北边的阶梯拾级而上,登上二楼,慢慢感受这座承载历史文化的建筑物。秦汉风格的空旷、冰冷、隔离、等级……真是:

> 一桥堆烟锁千秋,
> 渭渭渭水只东流。
> 轻叹从此无人渡,
> 古雨今听声啾啾。

走到桥南,缓缓下到一楼,很欣喜地看到,映入眼帘的两首古诗和壁画,一忧一喜,静静地在那儿,很养眼,一是《渭城曲》,一是《咸阳值雨》。从二楼到一楼，就仿佛从秦汉落入大唐，忽然便有了唐朝的暖意和热情，诗词的古韵丝丝牵动人心，好像有了人间的烟火。根据此处谱写的古琴曲《阳关三叠》在宋代失传过，因了久唱不衰的琴歌，最早刊印在《浙音释字琴谱》，后来琴谱载于明代《发明琴谱》，有失而复归的侥幸和必然。古人今人，情绪都是相通的："断肠声里唱阳关。"温庭筠的"咸阳桥上雨如悬"让我瞬间想到了那个闲章"雨浓"。从小就喜欢雨，喜欢听雨：秋天的、春天的、夏天的，也有冬天的。瓦、房檐、暗灰的天空、如珠的帘……人是物质的和精神的，一半一半，贯穿了整个生命周期，精神的依附需要载体。拍了几张我眼中的桥，本能里恐惧红色，本能里喜欢夜色，夜色里的古典的红色的桥，敲击着我迟钝的心。如果观景，一定要深夜，一人或两人，无语，最好是值雨之时。昨夜不巧无雨，稍稍遗憾。未来，逢雨的某一天，适宜再来一次。每一次，也许感触都不同，作为一个生命的偶然存在，孤独是绝对的，形而上的。哲学意义上的孤独，就像这座廊桥。男子可以把酒问月；女子，偶然也可以怀古伤今。这样的孤独，是相对的、形而下的、社会意义上的孤独。悠悠的岁月，倾听自然的声音，贴合心意为美。

2018 年 3 月 11 日于咸阳

✤ 有荷居小语

琼　　花

　　是谷雨，虽像清明，也逢了雨，但心境不同。
　　雨天，特别适合读一读闲书，这本启功先生的《浮光掠影看平生》已经读了近半，慢慢咀嚼，滋味绵长。十七八岁的启功去见七十多岁的齐白石先生，齐先生问他，知道什么是大家什么是名家吗？启功说过了二十多年他从八股文的选本上读到了大家和名家的分类，才明白《桐阴论画》中分大家和名家是从八股选本中来的。想起一位老师说过，书画是实践性很强的一门艺术，有些知识书本上也说不清，但书画于我，仅是一种消遣，不必搞得那么透彻。中间歇会儿，看到这束刚刚送过来的满天星，是昨天夜里路过花店，问：有满天星吗？答曰：有，是干花。又问：有鲜花吗？答：不敢进货，怕没有人买，可以预订的。于是就订了一束，今天早晨就看到了，淡淡的清香，挺像茉莉花的感觉，想起自己几年前写的关于茉莉的那

几句话，找来，修改了一下，觉得特别像今天的节日——谷雨，也像今日的天气——雨浓。雨浓，是爸爸给我取的名字，奶奶不同意，也就罢了。多年以后，爸爸说他还是喜欢这个名字，我就请人刻了一枚闲章"雨浓"。他走了，每到雨天我就不由自主想起这两个汉字，从小就特别喜欢下雨，爱屋及乌，也喜欢谷雨这个节气的名字，这也是一种温暖，一种支撑吧：

渐初夏，似秋凉，刻玉成葩，挂枝无几，静悠悠。

展淡妆，秀清绝，素蕊盈盈，浮香点点，消时光。

满天星是不挂枝的，只有茉莉，枝上琼花，冷香清骨。真是：色花不香，花香无色。

2021年4月21日于有荷居

✻ 有荷居小语

还是谈琴

　　唐朝的曹柔发明了减字谱，注定了琴曲流派的产生。
　　千年之后，有一个古琴爱好者用他的专业实现了减字谱的电脑显示及排版，实现了古人与今人的绝妙对话。他，就是真正的闽派传人，今虞的社员——陈长林先生。那个《胡笳十八拍》，就是他打谱的。从小让他习琴写字的他的父亲曾经把《渭城曲》翻译成英文，但也想不到自己的儿子会用电脑诠释了古琴。古琴，是可以养中国人的灵魂的，就像唐诗宋词。民族的，就是唯一的，曾听有位老师讲，全世界唯有印度人是只学习他们的古典音乐的，或者说绝大部分音乐学院是教印度古典音乐的。而中国古典音乐在中国音乐学院是一个小配角，主流是西方音乐，很少有老师真的懂中国古典乐理，就是古琴专业，也用的是五线谱和简谱，把宫商角徵羽简单等同于12356，然后去找4和7。因为老师也不知道唐乐的乐理和节奏，秦乐的、宋乐的也难懂。只有像陈长林这样的仅仅几个非遗的国宝，他们知道，但是他们也仅剩几人。每个民族都有自己的音高制定法则，就像语言。我的老师们也是在理论上教的固定调和首调。那些古谱，那些古人真实的智慧结晶估计要永远留存在历史的长河中了。后人，能有打谱的曲子以供弹奏已经是莫大的幸运了，算是继承了"遗产"。对于我，能看到摸到古琴的具体样子，已经是非常幸福了，因为我听说在 20 世纪 80 年代，连上海音乐学院古琴专业的研究生都没有一张琴，主要是除了博物馆，市面上没有制作、销售古琴的工厂。人们只知道古琴，却见不到古琴。

琴，只存活在古诗中，西洋音乐的入侵，连它的名字"琴"也无可奈何地改成了"古琴"。在角落里默默地看，古琴，这个名字似乎也很好听了。古代的中国地广人稀，丝弦声微，农耕社会的宁静，琴曲一定是很慢的，每个音自成一个王国，抚琴是舒缓自己的灵魂，节奏应该是古老的，具体是什么样子的节奏，从流传的名曲就可以窥探一二。像《阳关三叠》《梅花三弄》《流水》《潇湘水云》《平沙落雁》《良宵引》等都是节奏感强烈的曲子，貌似和西方音乐的节奏类似，那么可以推断，没有流传下来的那么多曲子，应该更接近文人日常弹奏的曲子，也许大部分的节奏不是一般文盲喜欢的，文盲在古代是常态，是多数的，因为不识字的人群太庞大了。我们从小所听到的音乐，更是西化了的，所以，在精神生活日益丰富多彩的今天，在从小西化的人群中去普及古琴，可以说是很难的，普及文字才是比较现实的。快节奏的社会，曲子也慢不下来，因为每个人都没有时间。

也许，琴的存在，从来都是一种极其小众的姿态，也从来都是不现实的，注定是太古遗音。

2020 年 4 月 12 日于有荷居

南窗无新雨

　　人生,从来就不是一个真正幸福的过程。忙,总是一整天的,像日出日落。

　　从 ICU(重症加强护理病房)会诊回来,那个昏迷的、出血的感染性休克病人总是浮现在眼前,监护室外那些亲友痛苦煎熬的状态,日复一日的一种常态,一个小小的世界,这样的角落,每个医院都有。我想,应该给他们一张可以日夜休息的床,但是,全国医院没有先例。身体的疾病、精神的疾病,原则上都是医治不好的,但可以缓解。喝点水,看看书,休息一下。古人没有 ICU。

　　买了一个有龚一老师的古琴教程视频的 U 盘,昨晚抽空看了看,他说琴上从来没有多余的动作,我仔细揣摩了一下,真的是,所有指法设计都是天衣无缝的,当大指七徽挑七弦时,接下来不是名指下准位勾几弦,就是就近挑呀勾呀什么弦,不会远距离,都是顺势而为的。什么是传统?传统,就是不停地删汰和顽固地继承。《流水》是一百年前的谱本,五百年前的《流水》至今除了研究人员会去弹奏,已经无人去抚了。《梅花三弄》,也不是以前的古谱,可以讲,四五百年前流行至今的那些古琴曲都不是真正的古曲了,历代的琴人都是去做删汰,比如

有荷居小语 ✺

《平沙落雁》，前后有一百多种版本的谱子，而如今流行的大家弹奏的谱本只有五六种。不停地删汰的根本原因是："凡音之起，由人心生也，人心之动，物使之然也。"心变了，曲子也会变，心总是被搁置在某一个历史的阶段，而历史虽然是相似的，但是绝对不会重复和被复制。古琴，正确的名称就是一个字：琴。琴有九大流派，形成的原因，估计和方言的形成是一个道理，和经济、文化、交通、通信、风俗、地域等有关。我想，流派再多，也是万物归一的。

"琴者，情也。琴者，禁也。"以心弹奏就是琴。一首曲子的节奏要符合自己的心灵，右手弹弦欲断，轻重缓急，抑扬顿挫，手法熟练，背诵的谱多，就自然有自己的特点了，加上指法、坐姿等。而不是，我是这个流派的，师傅是这样弹奏的，我必须这样弹。想，和书法一个道理吧。"友梅""静客"……这些美丽的词语，和琴一样，是可以医治精神的疾病的吧，虽然都是皮毛。十多年前去过一次南京，当时同学老耿和爱华一人一天轮流陪我和女儿，可惜是五一，梅花已谢。有时，很想在花开的季节去看看南京的梅园，暗香浮动的疏影是不是六朝的，已经不重要了。人生有几张床可以安身？有几间屋可以避雨？有几人可以一同赏梅听琴？在这个不是真正幸福的生命的过程里，谈琴，写写文字，真的是一种幸福。还是旧习惯，写几句诗，时光会暖一些：

　　南窗无新雨，
　　素心有轻尘。
　　幽幽太古曲，
　　琴音亦无语。

2019 年 12 月 11 日于有荷居

✽ 有荷居小语

粉色的感觉

　　看到一号桥头这一片灿烂的、粉色的、浓烈的樱花树,就产生了写这篇文章的念头——暂且算是文章吧。

　　儿子中午要吃宽宽的面,我醒了一点面烙饼子,才发现一个多月,一袋面竟然所剩无几了。以前,一年也吃不了一袋面粉。现在疫情,饭店都关了门,每个家庭又回归到自然的自力更生状态。人类的生活方式仿佛又倒退了几千年,蛰居在自己的巢穴里。很久没有出门了,春天泥土的芳香引诱着人不得不出门晒晒太阳。骑单车顺湖边去东郊给女儿送几个我做的花生芝麻糖饼,还有两只新买的梅花小瓷碗和一些水果西红柿。

　　路过一片樱花林,真是太美了,醉人的感觉,忽然就想我的奶奶了。人,终其一生,追求的不过是一个好的生活状态,凭自己的能力存活于世,灵魂找一个归宿,比如信仰、家乡、爱、友情、亲情、事或者物……十几岁时,在一本杂志《知识就是力量》上读到日本人为什么喜欢樱花。我想,以现在的状态理解,除了对生命短暂的感叹之外,那就是,表面的温和、美丽、灿烂,内里的凉薄、木然、寂静,有时会中和,有时会此消彼长。一直想买一本张充和唯一结集成书的诗集《桃花鱼》，封面是樱桃木薄板精制，听着都很美呵！可至今未能如愿。那一天在古琴网上发现她的一本《张充和手抄梅花诗》，就买了回来，配以函套，设计古雅，那些带隶意的楷书，缓缓、静静、慢慢流淌下来，想想《桃花鱼》一定更美。有时，想的东西还是不要真正地拥有，毕竟想念本身永远是美好的，所以不再多想，梅花诗不也挺好？这是她抄写赵孟頫所作的梅花律诗作品集。

樱花、桃花、樱桃花，在我眼里都是一样的，一团团粉粉嫩嫩、莺莺燕燕的存在，灵动的调皮的温暖的形象。所以看到这一片片樱花，想到这本书、那本书，日子就在柴米油盐中一晃而过，也许这才是日本人喜欢樱花的初衷。几乎没有一个人会一辈子拥有一颗完整的心，猜疑的成分居多，一旦被猜疑了自然就伤心了。这一颗心注定是要经历终生修复的过程，一开始就遇到互相不猜疑的心，而且白首偕老，共同进步，琴瑟和谐的概率注定是很小的。"十分冷淡存知己"，岁月的沉淀，心里都有一个洞，或大或小，或深或浅，这是生命的常态，虽然如此，依然会有光照进来，有春天在，有花有雨有书。"愿为波底蝶，随意到天涯。"

从南阳门进，路过中山街，那个卖书画用品的店居然开张了，笑眯眯讨要了两支笔，第一次优惠了五元钱。久不出门，街已是"古"街，那些焕然一新的灰砖青瓦，和一丝丝绿意，此刻，有谁能说这不是王维的渭城?！

2020 年 3 月 13 日于咸阳

无处可逃

翻开旧的文，2011年的清明，那时的自己每天关注磁器口的游江，喜欢他的"人生本来如寄"，感叹清淡无一事最好，但谁又能回到农耕的时代。曾经喜欢那些怀璧之人的自赏，艳羡散漫自由的生活，喜欢一切"两赋"而来之人……随着时间的流逝，这些终是幼稚了一些，但幼稚，也是我喜欢的。

整理一些文字，就是重温已经过去的记忆。回忆，也是很累的，无论美好与消残，但我喜欢。文字是文字，我还是我。当自己去读以前的文字，竟是感慨自己的心总是比现在干净，人活着，在九天之下，竟然是挣扎着让灰尘尽量少地落在心上。真正能陪伴我的也就是几本书了，平凹的《老西安》被朋友借走了，这几日就一本张世斌的《明末清初词风研究》在手，全失古法的燕乐，文人的染指，沦为浅酌低唱的小道，至清初的推尊词体，其迂回曲折，颇如多妻制下的中国女性之地位演变，月明人独，绕过一种凄然处，算是洒下点点温暖，曰诗曰词，地位总是"余"。纵是"一人而已"的纳兰，虽未染汉人风气，多点自然之气，以至情词迷离，也只算是空谷幽兰。

极速的快生活，被点缀了词和古琴，或者说怀旧使它们迎向风尘。

古老的七弦琴溢着淡淡忧伤，伴着紫丁香的芬芳，总是诉说一曲又一曲无法释怀的感伤。这种感伤，智能化的一切也无法模仿，网络把距离好像化为零。看那游江的一抹侧影，画室门前的午后假寐，回不到明末清初的文人，但明朝的磁器口却像是一处活生生的穿越的道具，孕了游江的一身清骨和一种不算是泥古的心性，在现世里觅一种纯粹。无处可逃，从成都逃到磁器口，从一种热闹沦为另一种热闹，在热闹里安静，在热闹里安身立命。他冷眼观匆匆过客，过客热情地观他，我亦是其中一位网上的过客。他演得过瘾，看客也舒心。

先凄婉而后愉悦的中宵梵呗，像极了四十岁的女人，惑与不惑间，却发现，儒家的齐家和道家的自然，一个充满了社会性，一个充满了人性，缘结此生，缘结他生，抑或翛然尘外，都值得为此而消，因为一个人只有一生，淡逸也罢，粗拙也可，都是唯一的过客。

2011 年 11 月 17 日于咸阳

❋ 有荷居小语

逸逸清兰

对家的概念，除了亲情，它应该还是一座房子，以及房子周围的许多树。

远离故土，没有了田园和庭院，庭院的情结却一直一直在那儿。如今的楼下有一株玉兰，十几岁了，它的路对面有一棵石榴树以及几株合欢，都是我喜欢的，但早早捎来春意的当然是这株玉兰了。走到楼口，抬头望它，回家的脚步就慢了，心里美滋滋的；回到家，俯首看它，外面的嘈杂就远了，心便静了。春分那天，几年前的一位患者送了一瓶意大利的白葡萄酒和福建的新茶，酒瓶很特别，新茶很清香，有春分的味，也有生命出现生机的味。当时他退休在家，老伴生了病，手术三年，全身转移了，西安、咸阳住了多次院，刚刚平稳了些。都挺过来了。这都得益于他的开朗，上过山下过乡，颇懂诗、书、画、茶，是一个坚强、乐观、热爱生活的人。想想这些经历，的确，如果不够坚强，人会怎么行走？回到家习了会儿书谱，屋里静静的，只因了窗外一株静静的玉兰。最近三个同事请假了，工作更忙了，为了缓解一些压抑，托人刻一枚闲章，刻什么呢？想起爸爸给我取的名"雨浓"，听妈妈说我出生那天雨下得很浓，不识字的奶奶说"农"不好，农民太苦了，于是采纳了小姑给取的现在大俗的名儿。爸爸也走了好几年了，他所有的好处，也有认认真真地给女儿取了个"雨浓"的名儿吧。我也算是被爸爸爱过的孩子。今天春雨也很浓，春意也很浓，清明未至，空气中弥漫着思念的味，但愿这未刻成的小小闲章会驱散一点点疲累。

每每，回到楼下，看到玉兰花儿在那儿开着，才好像能闻到点春天田野里泥土的味。几天前，一些花谢了，枝上生了芽，嫩绿的，天空也出现了明亮的蓝。玉兰树静静地生长，至花期，灿烂地自由地开几日，转成莹莹的绿，由浅渐深，由新渐旧，由绿渐黄，枝叶繁茂地，一年一年，自然地存在，过着它安逸的一生。

人的生命有时真的不如一棵树，但愿人树一般闲，羡焦桐一曲，翛然尘外，卷帘清赏。所谓的天人合一，当不过如此。

2015年3月27日于咸阳

❋ 有荷居小语

素　　帘

　　无辣不欢。我们一家人都爱吃辣椒，恰好楼下超市这几日新进了一些鲜艳的红椒，今天买了，伴着辣椒炒了两大盘。开饭了，弟弟、侄子、女儿、儿子和我都争着吃辣椒，平时不吃馒头的人也由不得自己了。天气冷极了，像冬天，暗淡无光。

　　饭后，弟弟帮我把新买的草帘子挂在卧室的东墙上，小屋立刻有了自然的味道。帘子素素的，有点清冷，我又把几个好看的物件找出来摆上点缀一下空间。白色茶杯茶壶是那年在张家界买的，一路上小心翼翼抱着，回来只用过两次，便因为日子浮躁，遂将它束之高阁。这个贵妃泥人，是表弟大涛那年从天津回来给我买的，表弟在我这儿住了一夜，说挑了半天挑了一个最漂亮的，可是我从小一直恐惧大红色，不知道为什么，看见醒目的大红色便心里难受。又不好说什么，怕伤了表弟一片好心，他走了，我便把它放在抽屉的最里面。好多年了，昨天翻出来，放在帘子右面的藤架子上，却格外搭配，仔细看，模样的雕刻独具匠心，在所有的冷色系中有一抹暖色，像极了人的一生。原来，世上唯一不变的就是变：我也喜欢红色了。用做荷包带子的蓝色丝线打了结，配上绿色穗子，我给弟弟说姐姐爱成精，一两年不拾掇一下，就厌倦了，典型的喜新厌旧。弟弟说："这就是生活嘛！我们男人觉得绑紧就行了，你看你绑的，一定要绑成个花出来。"我说："当然要好看了。"很久没在这个房间睡了，因为床垫时间久了不舒服了，等换了新垫子，再睡回来。摆弄摆弄小环境，再看大环境，大环境就舒服多了，也温暖多了。人生的记忆有时也是制造出来的，除了吃饱饭这件事，别的都是和自己较劲。比如，今天穿什么衣服，谁在乎啊，可是，自己在乎；明天住哪个房子，谁在乎啊，没办法，自己在乎；墙上贴什么画，没人在乎，可是，自己在乎啊。昨天冷得像寒冬，今天却是艳阳高照，气温回升，一切看起来很顺心，很顺眼，很宁静：

天秋瑟瑟，
素帘成眠。
三世清欢，
俯仰之间。

2019年10月14日于有荷居

❉ 有荷居小语

屏　荷

　　舒心亭的屏荷消失了半年多。

　　今天上班路过亭子,眼前一亮,呵!重新上色了。说不出的喜欢,说不出的感慨。屏上的绿色有豆绿、葱绿、草绿、茶绿,红色有石榴红、芙蓉红、桃红、胭脂红、杏红……一种是自然的色,一种是生命的色,仿佛所有的红色和所有的绿色,都恰恰绘在了一起。花和叶和池,相映成趣,那么天真、洁净和活泼,显得院子里冬日的竹林都成了陪衬。古诗里所有关于荷的句子都变成了遥远的抽象。累的时候,只有具象的东西才会简单地安抚人心。心中那个"有荷居"像是似曾相识一样突然出现在我眼前,一屏碧荷,不得不让人想到四个汉字:形劳神怡。喜欢那段话:"心有莲花，择净水而居；心有明月，择寂寥而行。玉在石中沉睡，云在青山深锁，水在净瓶中无波，人在无人迹处求心的保全自在。世上有经不起细看的繁华，却有经得起千万回流连的空净苍凉。"

　　一个生命，尤其是作为人这个生命，不可能简单地生长，和万物相比，太复杂。所以，这幅荷便格外地让人久看不厌，就如人类自身。诗，有眼，词亦有，而屏荷，就是这个院子冬日里的眼。

2019 年 1 月 21 日于咸阳

✤ 有荷居小语

谈一谈琴

　　给自己订了古琴，在古琴网上买了墨绿色的真丝穗子，仅仅两本关于古琴的书《古琴丛谈》和《琴史》，觉得都是知己一般的文字。

　　那天在湖边走了很久，回来路过花店，是新开的一个，粉色满天星特别温暖，中和了许多凄凉。人为什么活着？这个哲学问题，很可笑也很无奈。回过神，突然觉得今年应该有一张琴伴着我，有些东西只适合年长时再学习，纵是只按出一点小调，也是一种安慰。想想，喜欢闲章，主要是喜欢这个汉字"闲"；喜欢古琴，主要也是喜欢另一个汉字"古"罢了。

　　只是想随意一点。抚琴，是由古人的境界流于今人的趣味，对今人和琴而言也算是一种幸运，弹琴有时也是谈琴，虚室有余暇，"是时心境闲，可以调素琴"。初学，先认识十三徽，其次，宫、商、角、徵、羽、少宫、少商，减字谱像天书，是书，却也乐趣无穷。我想，只要有一张不抗指的琴，左手按弦就不需要太大的力量。琴者，情也，谈琴，也是觉得活着是有一丝味道的。所有的弦乐，唯有古琴不是表演性质的，它是弹给大自然、弹给知己的，如果没有知己，它更多的是弹给自己的。朱长文的《琴史·尽美》中言："琴有四美，一曰良质，二曰美斫,三曰妙指,四曰正心。四美既备,则为天下之善琴,而可以感格幽冥,充被万物。……"一吟一猱,一绰一注,一抹一挑,一勾一剔……初学者左按宜紧,右弹宜重,久之不觉,出于自然。我想,自然,就是由生到死,偶然而来,必然而去,简单纯净,无牵无挂。总有一日,在余下的时光里,在所有的之余,也可以左手对徽,右手击岳,给自己一个对白。"师古人不如师造化",自己的年龄、身世、尘世的经历,玻璃般的心,应该是可以按出一点琴之"正音"的,本质上,就个人而言,更喜欢清透远逸的泛音。

——的确,弹琴,有时也是谈琴。

2018 年 3 月 19 日于有荷居

✤ 有荷居小语

咸阳湖看雪

到湖边看雪，再读张岱的《湖心亭看雪》，想起那天清晨的雪，遂穿凿附会一点文字，只为不辜负天地之间难得的孤清：

丁酉年冬月十九，余住渭城。大雪两日，行人渐少。是日巳时矣，余起步寻闲，独往咸阳湖看雪。晨风飘絮，堤与湖与树与天，茫茫一白。湖上影子，唯琼枝寂寂，孤鸟单飞，与余及两三路人，岸边楼宇数栋而已。

到林中，有三两蜡梅冷处香凝，一男子左顾右盼，见余，试探曰："此处去年有红梅！"与余同寻。余亦不懂红梅乃二月才开，寻梅片刻不得，出空林。悔未问其姓氏，喃喃自曰："莫说俗世浊，更有冰雪奇缘！"

2018年1月8日于有荷居

有荷居小语 ❋

雨中植莲

贴梗海棠也叫相思红,西府海棠就叫胭脂雪。想起宝玉院里种的就是西府海棠。红楼里还引了苏子的两句诗:"只恐夜深花睡去,故烧高烛照红妆。"湘云也是海棠。当时想:我要种花一定就是栀子花了。十几岁在汉中上学时正好是栀子花开的季节,花农们挑了几笼花在伞铺街上叫卖,那玲珑的篮子,篮子里的极白纯香,一毛钱买一束可闻香一周,那时就觉得它便是世上最美的花,以至于今日也觉百花不如它。

时光缓缓,曰穿梭,曰蹉跎,个体随自己心境体味,当有了立身处世的默然时,便懂了"蝉噪林逾静,鸟鸣山更幽"的况味,对花的喜欢也多少有了改变,添了一些喜欢的种类,如荷花。有些偶然就是必然,有些必然也注定是偶然。喜欢栀子花,绝对不是因为别的植物不美丽。像荷花、荷叶、荷梗,我都很喜欢,但毕竟不同:喜欢荷花是因为我出生在荷月,我想我应该喜欢,就渐渐喜欢了荷;栀子花是本能地喜欢,它陪伴了我的少年时代。我还收藏了一个枯叶蝶的标本,二十多年了,对它的喜欢也在变化之中。枯叶蝶是像植物的动物,身上有植物的安静;也是像秋天的植物,身上自然就有了秋天的飘零和瑟瑟,包括萧

有荷居小语

萧的诗意，而有了诗意，便削减了凉意，像琴曲《秋风词》："秋风清，秋月明，落叶聚还散。"

那个枯叶蝶标本躺在一个镜框里，镜框很温暖，现在看来也不过时，素雅的、简单的、木质的东西在审美上总是经久不衰，贴合自然的味道。后面有一个小环，一直挂在书桌那面墙上，搬了两次家，也一直挂在墙上，几年前不知道怎么回事，渐渐忘了它。许多，都忘了，老了记性更不好了，今儿又翻出来，觉得立在这儿更好一点，和周围的颜色也搭调。阳光照进来，不写一点日记，怕是辜负了这段相遇，物件陪伴人久了，都附了灵性。也许，每个生物的本能都是保护自己，像枯叶蝶。但也正是这样的原因，更容易被制成标本。

省城的表弟媳妇那天捎过来一方砚，道仁是表弟的号，字是他刻的。石头有天然的残缺痕迹，砚的形状也很灵动，墨池小巧而深静，我很喜欢。他随手拿的，该是和我有缘，写不写字都不重要了，但此刻附庸风雅一下也是赏心乐事，于是写道：天趣出道仁，随赠万古痕。有闲置南轩，无翰染轻烟。他的翰羽轩植了几株莲，用那些朴素的陶，配上一些竹管，得一点雨声，像远古的更漏，像绿绮的断声。可喜的是，昨晚夏日惊雨，风急雨骤，摇曳的花瓣分外醒目，让人怜惜，令人惆怅，花朵黯然里也似有一丝喜悦：

　　急雨摇碧莲，
　　荷声滴池边。

借住芙蓉陶,

叶叶何田田。

  回首岁月的痕迹深处,我发现,自己最终竟然是最喜欢那雨中一朵淡淡的莲。它,静默的样子,极致地贴合了心意。

2019 年 7 月 28 日于有荷居

❋ 有荷居小语

泠泠不关情

今天路过竹林，一群一群的鸟儿甚是聒噪，热闹里反而显得竹林极其宁静，像夏天晌午的知了的鸣声，像儿时的夏天，安静、美好而遥远。

竹，想起"清籁"古琴琴背的梁诗正写的琴铭第一句"竹铿尔，松谡谡"。后面记不起了，那本《故宫古琴图典》，最喜欢南宋的那张"清籁"，一是因为琴名，二是因为琴铭，三是因为琴式——仲尼式，和我的一样。人都是喜欢和自己相似的一切，包括人和物。待我有时间了，准备在朋友圈介绍一下四十六张古琴中自己喜欢的几张，也省得花费时间去看那厚厚的书籍，淡淡地了解就是休息，深深地了解就是惆怅。比如，圆明园那场劫难，置于其中的一百零三张历代古琴无一幸免。至今，在世界各个博物馆和民间收藏家中，仅保存了数百张唐宋元明清传世实物而已。这个季节也只有菊花、康乃馨等，房间更换了花草，日子里添一点点爱。这会儿闲了，也因了琴，写几句文字，温暖一下这泠泠的冬日：

> 丝桐泠泠不关情，
> 瓣瓣素英室盈盈。
> 红尘从来多少叹，
> 蒙蒙一曲度浮生。

2019年12月3日于有荷居

有荷居小语 ❋

初　冬

　　天冷了，北方的天，冷了。
　　暖气未供的日子，空气是萧条的，妹妹寄过来的紫色荷花，一周多了，有一枝已经半开，欣欣然的。我把它挪来挪去，阳光好的时候，晒一晒。丝瓜藤蔓已经秋意浓浓了，叶子透黄，枯萎，暗绿，参差不齐，想起浓荫遮日的时光，时光白驹过隙。变冷的季节，我常常用一些布艺装饰一下空间，刚买回来的暗绿色花的茶布袋和粉色的桌布，平添了一丝快乐和温馨。今天小侄子住这儿，陪他做作业，我绣花，右手的中指第一关节的皮肤被针屁股戳了许多小眼，突出来成了茧子，才意识到没戴顶针，想起小时候奶奶和妈妈做针线活都戴着顶针，我就问为什么。为什么？疼啊。找到顶针戴上，一瞬间就回到了童年。茉莉花的叶子，我分了几个小瓶，有一枝长出了许多白色的根须，很长很长，触目惊心的感动，植物在它有限的环境中尽情地生长，过它短短的一生。学琴的目的就是调节情绪，那就五级便可。我想我这一生都是五级的样子，五级，就是中庸呗，一切，刚刚好，便可。就像这可爱的茉莉叶子，它很美，很静，刚刚好。
　　人的一生，学会过滤，学会换位思考，让美好的事物把每一个间隙

❋ **有荷居小语**

填满,记得所有的美好,忘记所有的伤害,守心自暖,像一棵植物一样活着,日子,就是温暖的。虽然,这,很难。

2019年2月21日于有荷居

一半一半

茶，是女儿去年在厦门买的，一直没动，下午喝了点，觉得挺香的，就顺便给弟弟两袋。

碗，是表弟从他的翰羽轩二楼怀揣着，一只手扶着扶梯，嘴上边说着有点舍不得，舍不得，边缓缓挪到一楼，那样舍不得地从怀里慢慢拿出来递给我了。我说放在哪儿都是器皿，不要太心疼，想碗了，可以到我家喝茶，虽然我没有茶室。

字，是表弟写的，他们美其名曰：写瓷。就是那个涤玉阁，有些臭气的人，或者有些名声的人，或者有些有名有衔的人，当然更多的是有才的人，常常会去写瓷，一半维持了生计，一半维持了灵魂，或者更多的一半是一种无声的扎堆。常年的劳累，我得了颈椎病，记忆力、灵气突然就消失殆尽了。给我医治疾病的小金大夫，每每我值夜班时，他都风雨无阻地来给我治疗，已经一年了，是我人生的贵人。他住蓝马啤酒厂附近，有一次听我说涤玉阁，就跑去那儿看看，打电话说：“姐，我发现了一个好东西，听说是北京一个很有名的名人写的呢，竹子是这院里自己种的，我看挺配你的，让别人买了去怪可惜的，我给你拍个图片，喜欢的话我给你磨价。”当然，肯定买了回来，一直放在暗处，这

有荷居小语

会儿,夜深了,便停了针线,把它找出来,悬挂在门框边,很是亮眼,很是活泼,很是"涤玉阁",配了弟媳妇送的荷包,粉色的,再累,一进门,都是温暖的。记录一些瞬间,生命慢慢都是饱满的。妹妹昨天来,好像想要这只碗,我犹豫了一下,她就说:"知道啦,知道啦!"毕竟,这是表弟送我的。虽然,是表弟媳妇命令的,他只有心疼,只有从命。从命的男人,都是幸福的——因为他们懂得生命的真谛。

落木敲西窗,屋冷不尽言。

2019 年 10 月 3 日于有荷居

作　秀

春节前，在朋友的鼓励下，我参加了首届咸阳群众文艺作品云展演，表演作品是古琴独奏《神人畅》。

它是唐代之前记载的仅两首以"畅"为题材的琴曲之一，是讲神降临人间欢乐共庆的场面，符合春节的传统气氛。视频的背景有凤凰台、清渭楼和风雨廊桥。但我只拍了凤凰台的视频，因为内心里喜欢那些青砖绿树，古朴的味道让人宁静舒缓，手扶青砖拍照，是韶楠老师的创意，后期又加上了清渭楼等一些咸阳的文化符号，是小金弟弟的念头，色彩缤纷了些，热闹了些，也不违和。作秀，就是做样子。音乐也罢，书画也罢，体育竞技也罢，就是盘中之物也要有一定的样子，在这漫长的无始无终的混沌世界，作秀填补了所有的空白。不孤独不寂寞，是人类永恒的梦。

又买了一本闲书慰藉春节的假期：《古琴新说——卧篌筷古琴考》，陇菲著。书名是陈丹青题的，看到"丹青题"，我相信他的眼光；至少是值得读的书籍。欣怡地翻开书籍，当然越过卧篌筷考先看古琴考，但

❋ 有荷居小语

已经说到有品和无品（品柱的品不是人品的品），还是得回头去看。古时候有品的坎侯中的部分，逐步演变了有徽无柱、弹奏按音的七弦琴，琴徽的发明，是纯律体系与后来产生的五度相生律体系折中的结果。今天的琴，纯律七音与三分损益之五声同时在琴上被应用着，是纯律与五度相生律折中的证据。

青山隐隐，时光悠悠，各种各样的作秀有各种各样的理论。愿书籍，愿音乐，愿书画，愿美食，陪我们走过原本空荡荡的时空，一生一世，生生世世。龚一老师讲，琴谱的演变就是一个删汰的过程，我想，人类的生存方式也是一个删汰的过程，在所有的删汰中，琴，以它独特的魅力依然在秀场中行走，在琴人的心中行走。

过年就是过习惯，听，隐隐约约的爆竹声……谁能不说，过年，也是某种程度上的一场美丽的作秀。

2021 年 2 月 11 日于有荷居

有荷居小语 ✺

咸阳古渡有感

"古渡渺千秋。"

渭水，流过了无数岁月的跌宕。2017年建成的咸阳古渡遗址博物馆，一直没有去过，每次路过就想啥时候进去看看。上周五下午，从琴馆出来，沿着湖边的人行道，慢慢走着。慢走也是一种奢侈，平日里的忙碌，瞬间就很遥远了。路过博物馆门口，映入眼帘的是几组壁画：《渡头欸乃》《文王迎亲》《昭君出塞》《兵车行》《渭阳送别》……哦，《渭阳送别》，就是那首琴曲《阳关三叠》的景象呵。静静的几株柳树，几个古人，落寞的渡口，东流的渭水……遂换了门票进去——玻璃下的古河道遗址模型，文字和文物都承载了一份怀古的意蕴。

秦时称横桥，西汉曰渭桥，唐代叫便桥，明清言古渡口。古渡，这名字也颇有了几分诗意。古长安最著名的伤心地有两处，一是灞桥，一是咸阳桥，都是关中八景之一。静静的汉唐西渭桥渡口遗址被现代、肃穆、庄重的建筑物笼罩，就像手持一卷古经，淡看历史的风云变幻。唐至五代，桥废；宋时几经修复，或桥或渡，间断存在；明代重修。也许，看一看遗址，读一读文字，会唤醒琴谱《阳关三叠》的苍颜：

❋ 有荷居小语

汀边白鹭悠悠起,
芦花零零离离落。
周礼豳风轻轻传,
千秋欸乃几番闲。

2020 年 9 月 28 日于有荷居

有荷居小语 ❋

曲高不和寡

  人间风雨多少客，
  有荷无闲落指迟。
  善善一躬随弦起，
  逸逸兰草又几枝。

  前几日买了本闲书《中国古代文化常识》，王力著。打开一眼就看到了第三章乐律。匆匆翻开找，竟然没有一句古琴的内容，有些失望。看完了，才发觉作者所言乐律的意思是，最丰富的乐律在哪个时代存世。书中介绍了曾侯乙的彩色排箫，排箫有十三根箫管，它的构成至少是六声音阶结构，其形象见于汉代石刻、魏晋造像和唐壁画中，后来就消失了，清代的排箫已经面目全非了。曾侯乙编磬的下层左起第十一块磬石上可以看到三叶虫的化石，趣味盎然，它的音域跨三个八度，十二个半音齐备，音质清越。曾侯乙编钟是一种"双音钟"，各个部位有近三千字铭文，标明了音高、乐律以及相同音在各个国家的对应名称，例如铭文："姑洗镈，穆音之羽，嬴孠之羽角，夷则之羽曾，应钟之变宫。"它表明在公元前5世纪，我国已经有了七声音阶和绝对音高的概念，有旋宫转调的能力，是世界音乐史上最高级别的成就。

❋ 有荷居小语

　　书的封面和封底是两个在引领草木山川之间的人,好似行走在蒙昧的世界,穿梭往复。眼睛,想看到未来,但人类一直都是目光短浅的。最短浅的是:创造了文字。

2021 年 1 月 29 日于有荷居

有荷居小语 ❋

清　欢

琴，是一个传统人文爱好者最心仪的。

中国乐律学称为绝学，指法和音律是两大主干，律学和乐学的分开是从《史记》开始的。几千年来，琴有上千种指法，而律调属于乐律学基本的核心部分。中国的五声音阶，后来的雅乐、燕乐、七声等，只要是有五声音阶的曲子，怎么弹奏怎么有理，随便弹，加上一点节奏，就可以成一首小曲子。乐理就是一个数字游戏，不能间断，有一个连续性——西方叫律有术，东方叫韵无穷。韵，涵盖了中国传统文化的内里，像写意画、飞白书、中医中药、中庸之道、饮食的盐少许、居住的建筑意，更不用说八音的无定无形，丝音诗"涵涵乎……"，水音诗"湛湛乎清……"。指法的关节联动是关节的自然连接，也就是道法自然，右手指在移动过程中，所有回指都是自然的，那种自然宁静的状态，是一个琴人精神的归宿。

弹琴，是一件舒心的事，舒心地练习，认真地练习，十年二十年的功力，琴音会好听一些。弹琴，是一个慢活。就像文章，以情绪抒写，需要才气，由内而发；以理智抒写，需要学识，学以外成，广泛地阅读，细致地研读，十年二十年的阅历，文章会好看一点。听的人和读的

✺ 有荷居小语

人，在某种意义上讲，就是灵魂的知音。气息方面，经历过程、年龄方面多少有些相似。如此，曲才不会和寡，文亦不致处幽。琴音清微，文章清冽，心就纯净、自在，思之随之，本色使然。人长久地存于世，难免沾染一些风尘，唯读书、抚琴、作文方能尽可能回归最初的自己。偶然悠悠闲闲的时光，笔墨余味，皆是清欢：

> 素华不计嫌，
> 梅蕊竞相妍。
> 幽栖凡尘中，
> 窗寒不知年。

2021年2月3日于有荷居

有荷居小语 ❋

桂

去沈家买菜和馄饨皮，归途中见一新开花店，便进去买了多肉和两个小盆，凑在一起，宛如莲，心情忽然就明亮了一些。

最近几天，院子里陆陆续续有工人种植各种花花草草，我的楼口东边植了棵金桂，和西边盛开的玉兰相照，有春秋更替之感，让人觉得中秋仿佛也近了。琴，一周前就回来了，古琴之美三分在穗，换了墨绿色的真丝穗子，才看起来像是我的了。前天中午去湖边，折了梅树最最下面旁逸斜出的一小枝，置于瓶中，屋子里便有了春意，心里也清净了几许。红尘中，有一方小小天地，整理些许文字，古琴铭中的"秋籁"琴铭"当庭秋吹，轻清长空。皓月光明，扶我丝桐。数声天地，万物之情"，用在桂树上也无不可。任何事情都是一种缘，缘深了就是无缘，缘浅了就是细水长流。觉得桂树植的时间，算是一种缘分吧。

　　层层楼前桂，
　　碧碧木中樨。
　　疑似月中移，
　　恍惚秋香迷。

❋ 有荷居小语

"久客红尘不自怜",青柳已盎然。真是冷,空气冰冰的,还是"且料理琴书"吧。

2018 年 3 月 19 日于有荷居

古　街

　　两年前的深秋，因为一个信息，就去了上海的武康路，那一条从精致中走来的小资情调的古街，悠悠地揭开了一个民族历史的一页。

　　虽然，每个人最终都是"零落归山丘"，但是，这一场人生游戏，总是要有一些风景，有一点摆件的陪伴，才更温和，更安全。茶杯、柳树和浮云，包括无数陌生人，试想，如果这个你或许已经厌倦的城市只剩下你一个人，以及一些建筑物和静静不流动的街道，没有信息，没有书，没有工作，没有一些让你讨厌的面目，墙是白色的，物件也是，没有音乐，器具都是没有美感的存在，那么，一瞬间，所有的陌生人便显出了他们的用处，增加人类群居的安全感。所以，怀旧思人，也是一种安全感。

　　咸阳，也有一条历史文化名街，而且早在1751年就存在了，有三百年左右的历史，而武康路才一百多年，只不过上海的女儿精致，关中的碎女子粗犷。这条古老的街道，其间有博物馆、渭阳书院，周围是钟楼、清渭楼、古渡遗址、风雨廊桥、安国寺、凤凰台……如果是青石铺路，垂柳依依，该是那个"渭城朝雨浥轻尘，客舍青青柳色新"的感

✽ 有荷居小语

觉了。古琴曲《凤凰台上忆吹箫》循环听了半天了，这琴谱在历代古琴谱库中仅有《和文注音琴谱》收录，它是那个心越禅师 1676 年编纂而成的，也是那一年，他去了东瀛，至此再也没有回归故里。他的兰溪，永远定格在他八岁时的记忆里。他的《东皋琴谱》基本都是一个味道的曲子——写尽思亲怀土的情绪。凤凰台，二十年前去过，当时一个人，天气很炎热，记忆深刻的是那棵树，夏日的聒噪在端庄宁静的高台下瞬间凝固，当时心里想："咸阳还有这一个让人止语的去处。"那个曾经飞天的弄玉，不知道会不会思念她的凤凰台，也许圆满并不是最好的追求，中庸之道才是最舒服的状态，台上的天空、流云、飞鸟、倾泻的雨帘、飘零的琼花……终是一场零落的记忆。

今夕何夕，高台承载了千年的传说，人是被时代裹挟着走着，能看多少风景就看多少。或许，碎女子有朝一日也优雅起来，但不是武康路的小资，而是一种魏晋风度，至少，是一种明清的味道，那时，凤凰台，会成为一个更美丽的传说。

2020 年 9 月 12 日于有荷居

中五台随想

凌霄花是借气生根的植物，它常常摇曳在佛教寺院或道观宫墙之上。今天，我又一次看到了一树灵动灿烂的凌霄花，"苕之华，芸其黄矣"，恍惚感觉是白马寺的那几株墙角的陵苕移植而来。它，静谧地生长在这太清观内，仿佛已经千年。

去过崆峒山，去过楼观台，去过青城山，也去过骊山老君殿，印象里这些地方的道观建筑物都矗立在空林、奇峰和云雾之中，和佛寺石窟有几分相似。就如佛经和道藏，对于俗世的我来讲，常常混淆不清。相比来世，我更喜欢今生，来世宛如一朵出尘的精致绝伦的莲花，今生好像一树盈盈的凌霄花。自然，清静，无为，在尘埃里舒展着喜悦、自在的仙姿。而这座太清观，静静地坐落在这个繁华闹市的一隅——它从南北朝缓缓走来，历尽沧桑，现今如涅槃重生的凤凰，仪态万方，它是源流，是滥觞，它心里清澈如镜，深情而有神余。初名"九天太乙元君庙"，至唐时更名为"太清观"，明清时期称"真武台"，后改为"中五台"。我更喜欢"太清"这两个字。

孤寂，是圆满的开始。一年前就想来中五台看看，缘于那段视频，

❋ 有荷居小语

　　一段闵智亭道长的抚琴视频，那超然物外的仙风道骨，举止浩然，容色清澈。其关门弟子贺信萍道长就是中五台道观的重建者，是咸阳道教协会会长，也曾是玉溪道人的古琴弟子，听说，他有一张琴常常挂在居室墙上。哦，那张未名的琴……

　　古人言："相由心生，言由心表。"走进藏经楼的一楼，有一种误入苏州园林的感觉。兰、竹、石及清供摆件，映照了主人的馨香。只有看到中间墙上那副对联才会让人醒悟，原来是道观的藏经楼。对联是玉溪道人专为贺道长所书："心同明月静；身似白云闲。"片刻，从门外轻轻飘进来一个人，他，贺道长，蓄发，白褂，和照片上相比，清瘦、腼腆了些，气息极其善良、温和，好像刚刚睡起从楼上缓缓下来，但其实，他才刚刚陪完中央统战部部长一行人，想起玉溪道人赠予他的那句话："事来则应，事去则静。"再清静的地方，也总是要应。我道明了来意——想看看那张琴。他沏了茶，坐在我对面，茶杯旁的绿植更添了一份静，停了几秒钟，说，他二十多年忙于事务，不常抚琴了。我说，能重兴道场如此局面，个中辛苦艰难无法想象，不抚琴了就不听了，看看它就很好。于是，他吩咐弟子上楼去取。琴置于供桌上，我慢慢走到它的身边，怜惜地抚摸了松弛的弦，仲尼式，玉徽。又挪过来一盆兰，照了几张照片，他说琴是李明忠斫的，是闵智亭道长送给他的。我欲看琴底，他急忙解释："没有琴铭。"我问为何，他说："没来得及刻，但师父羽化之前给它取了名字，叫云璈。"云璈，多么神奇好听的名字，瞬间我的心情轻快极了。云璈，是仙人的乐器；云璈，也是仙乐。可能玉溪道人希望他这个最小的弟子把渭北平原的这个千年古道场发扬光大，希望在没有他帮助的悠悠岁月里，让琴音泠泠像仙乐一样陪伴着他的这个弟子吧。宗教对琴的影响很广泛，尤其是道教，具有道教色彩的曲子是最多的，那些超脱凡尘羁绊的音符，久久回响在历史的天空，比如，明早期《步虚堂琴谱》的《广寒游》，《神奇密谱》的《列子御风》《樵歌》，明代汪芝辑《西麓堂琴谱》的《欸乃》，听贺道长说玉溪道人生前有一张宋琴，羽化之前捐了。有道是，"清风佐鸣琴，寂寞道为贵"。

又想起闵智亭道长那段抚琴视频，那是2003年中国古琴申遗专题视频的开场镜头：在幽幽的庭院中，古树参天，桐音遥遥，雅声和畅，一束阳光从叶间穿过倾泻下来……

在宏观的世界，科学中有一种话语认为：当没有观测时，事物是以波函数的形式存在，以千万种形式存在的；当我们去观测时，它的存在才变成了唯一，变成了万千结果中的一种。在离开这个千年道场时，我又回头"观测"了一下这个庭院，赵朴初书写的"藏经楼"三个端庄的大字，以及这个深深庭院里的几副对联："道院有尘清风扫；玄门无锁白云封。""黄鹤飞鸣玄室静；白云往来道心清。""千江有水千江月；万里无云万里天。""秦山渭水神仙府；清风明月羽士家。"这些存在，都已经变成了唯一，变成了真实。玉溪道人手书的"中五台"三个字，在润石道人的手中变成了唯一。"道可道，非常道。"千年的白云终是轻轻落在了这个古道场，你，还能不信吗？

2021年8月17日于有荷居

❋ 有荷居小语

仙山有琴

　　有了为文的刻意，便生了为文的俗气。《有荷居小语》出版在即，我又来到了华山，十六岁那年的夏天和几个同学来过一次，山还是那座山，人生的阅历改变了我对山的感觉。山依旧巍峨迷人，人在这条登山的石阶上匍匐而行，增添了山的俗气，也恰恰是这点俗气，怡养了山的人文气，那些自然的具象，建筑的意象，诉说着华山的故事，从古至今，绵绵不绝。这是唯一一座让我想永远留下来居住的山，因为，它充满了遥远的安全感，充满了宁静的历史感，充满了千古不朽的容颜，它，也充满了一种我灵魂深处苦苦期盼的归属感。

　　那日去中五台，看到玉溪道人书写的文字和绘画作品，便有了重登华山的念头。中医在中国，研究中医最透彻的是日本；道教在中国，真正研究道教深刻的是日本，但玉溪道人就是那个与众不同的"更深刻"的研究者。玉泉院是入山的必经之地，也是玉溪道人一生中最重要的一处念想，他近三十年的光阴都是在这儿度过的。他著述了《道教仪范》《全真五祖七真传》，并将经韵用简谱的形式记录了下来，编成《全真正韵谱辑》。但是，这些并不是我喜欢的，喜欢这个人，主要是喜欢他的人品,他的琴声、琴容、琴德,那种味道,那种遗世独立。

　　琴的最朴素的本质就是奏出自然的音响。常言道:"少不入川。"我想,也应是少不抚琴。抚琴,是和生命的一种妥协,一种舒缓自己的方式,就像你"独坐敬亭山"或"独坐幽篁里"。我清楚人世间一个灵魂和另一个灵魂完全相通是极大概率没有的,但执着地相信,琴音本身就是和自己相通的一个灵的存在。最喜欢不懂的状态,不懂,可以聆听,可以旁观,聆听与旁观最安全,最舒服,也最自在。庄子好古,好上古。我想,上古巢居也应该是最安全、最自在的状态。"远处尘埃少,闲中日月长。"华山神清质扬,使琴音、琴者的心超脱尘世的羁绊,在高耸入云的山间、石洞里、庙宇中,悟出俗世追求的无聊与无益,慢慢在宁静、空旷、唯美的大自然里品味遁世的喜悦,感受大道至简的永恒。当年的玉溪道人十七岁登上华山时,他选择的就是毛女洞,拜归刘礼仙道长。毛女当年为避殉葬之灾,负琴隐入此处。面对下院门口的一副对联"悠悠琴声骊宫恨;冷冷月辉荒岭情"矗立良久,读着这些古朴典雅又灵动的文字,刹那间,黯然落泪。无始无终有人,有喜有泪无痕。林表他山有雨,秦月桐音何如。华山,每一处都刻满了文字,比如,千

※ 有荷居小语

年道场千秋业，万里白云万里空。在漫山热闹繁杂的文字中，唯有这一句"悠悠琴声骊宫恨"是最清冷、最亲切、最治愈的汉字。

鲁迅说："中国根柢全在道教……以此读史，有许多问题可迎刃而解。"读史，敏思者为之。道教"敬天尊祖"的思想就是万物有灵的信念。在完美的华山面前，怎样的描述都是不充分的、不完美的，而我，喜欢这样的盲人摸象式的描述。苏秉琦晚年著作《中国文明起源新探》中论述："中华民族正是以华山脚下的仰韶文化的蔷薇花作为自己的民族图腾而得名。"《书经》《资治通鉴》等书均有"唐尧四巡西岳""舜三巡西岳""轩辕黄帝会群仙之所""秦始皇首祭华山""宋太祖赵匡胤与陈抟老祖来往，以道治天下"等记载。哦，陈抟，那个玉泉院广场侧卧的巨大雕像，他就是那个古琴开指小曲《仙翁操》中的仙翁。《仙翁操》又名《调弦入弄》，是古琴的开指曲，收录于《文会堂琴谱》和《和文注音琴谱》，重点是散、按和音的练习。传说他一直在睡，睡了一生。我想，能去华山住下来的人，一定都是一睡不醒的，那些社会、历史、家庭的变故，让一个

敏感的灵魂何以得安？——唯有睡眠。

睡着了，才能成仙。

你看，那近处的古木，听说是唐朝的；那远处的云烟，听说是晋朝的。下雨的时节，落雪的日子，傍晚和清晨，梦醒的灵魂也会在这样的仙境得以治愈。无执无失无迷，一个凡夫俗子不能静到一定程度，那么，有些绘画，有些文字，有些曲子，有些饮食……对他来说都是没有意义的。下山已经月余，写了点文字，中途却遗失了，灵感顿失，今日颇多感慨，也是为文之举，虽添了些俗气，也是生了一股烟火气：

  幽幽兰心墨未干，
  寥寥遐思在笔端。
  残文欲寄仙山去，
  寂寂余情下院烟。

2021年7月12日于有荷居

❋ 有荷居小语

一院"诗"

从来寻梅为一枝,不恨人间无味事。

诗,让有限的生命变得无限;诗,让清寂的广寒宫变得温暖;诗,应该是量子的纠缠,谁也看不见。作了像诗的句子,便有了诗的闲,诗的逸,一切都静了下来。

秋月
月上榴树梢,桂枝恒杳杳。
秦月照今宵,尘寰也遥迢。

冷月
不是人间月,古今多诗作。
淡淡不关情,何以寄心波。

后院
故宅月夕过,沧桑未看破。

枣树叶上雨，片片阶下落。

中院
人冷雨啾喧，宅空上云端。
中庭草木薄，桂树植其间。

穹苍的你
你是诗，
不是余秀华的，
也不是徐志摩的，是一首，
妈妈重启的。

你是梦，
不是俗人的，
也不是神仙的，是一场，
妈妈禁闭的。

诗也深情，
梦也深情，
只为，
深情——
可以续命。

2019 年 10 月 3 日于有荷居

有荷居小语 ❋

后　记

　　人生如寄。在暂寄的过程里，最难的事是找一个人：找一个人一起逛街，找一个人安心地聊天，找一个人结婚，找一个人喝茶……在所有的找一个人中，找一个人给自己写代序，我想，这个人或许是不存在的。但脑海里想起几年前的一件事：女儿单位举办文艺会演，被要求和一个男孩子一起进行诗歌朗诵，内容要求是关于停车场的，而且说最好是原创作品，这样一个缺少诗意的题材要写得有诗意。我就"奉命"写了一首长长的男女合诵的诗给她。评委中有杨焕亭老师，正好坐在她的前面，诗朗诵结束后，杨老师回过头问她："这是你写的诗吗？"想到这儿，心里觉得写代序的人就是杨老师了。"月如无恨月长圆"，自古以来，恨应该最是一种常态。"天下有一人知己，可以不恨。不独人也，物亦有之。如菊以渊明为知己，梅以和靖为知己……"任世事沧桑，总有气息相同的灵魂会慰藉人的心。我一直相信灵魂的存在。托朋友请杨老师写代序，我想他应该是喜欢的，至少不厌烦。时至此刻，我伏在小阳台的木桌上写这个后记，都没有见过他，曾经想，如果在这些文字中，有谁能读得懂"唐朝的温暖"，此生也不枉然。看到他长篇叙

❋ 有荷居小语

述"唐朝的温暖",那一刻,心里是喜极而泣的感动。我相信第六感,而且,从来没有错过。女儿在她的文件夹里竟然保存了这首关于停车场的诗,一并放在这儿,记录一种缘分。

诗意地栖居
——凝聚青春力量,共筑461梦想

(女)十九世纪的荷尔德林,
　　　遥遥地呼唤——
　　　我们回家的路:
　　　人,诗意地栖居。

(男)一九八四的汽车企业,
　　　源源不断地——
　　　制造了川流的路:
　　　人,自由地行走。

(女)生命只有一次,
　　　或华丽或朴素,
　　　马卡丹设计的"马路"上:
　　　汽车、电瓶车、摩托车、三轮车……

(男)城市如海,
　　　汽车像鱼儿一样穿梭,
　　　车里载满了——
　　　无处安放自由的灵魂。

（合）泊车、立体停车、统一标识……
　　　一点点融入我们的生命。
　　　建筑业未来的方向，
　　　一定是停车场；
　　　现代主义者的梦想，
　　　肯定是停车人。
　　　汽车如一叶浮萍，
　　　缓缓驰入每一个停车场，
　　　就像杜牧的感觉：
　　　停车坐爱枫林晚……

（女）发动机停止了喘息，
　　　暂时，灵魂栖息在月光里，
　　　车顶上飞过一只小鸟，
　　　消失在或明或暗的夜色里。

（男）无数个日出和日落，
　　　播下一个个绿色的希望：
　　　深入实际，
　　　是我们停车人良好的开篇；

（合）吃苦耐劳，
　　　是我们停车人工作的准则。
　　　因为我们是
　　　一群感知时代的停车人。

（女）周而复始，
　　　不是简单的疲惫，
　　　是春华秋实，

�֎ 有荷居小语

（合）是每一天的纯净透明，
　　　是每一日的快乐简单，
　　　是每一家的平安幸福。
（男）我们年轻，
　　　我们踏实，
　　　我们有创造的灵感。
（合）每一枚深深浅浅的足迹，
　　　在这美好的春天，
　　　踏踏实实地耕耘着，
　　　这就是我们，
　　　一群团结敬业的停车人。

（女）城市没有庭院，
（男）青春却有梦想：
（合）价值，服务，责任，大西安……
　　　爬坡过坎，
　　　追赶超越。
　　　因为：
　　　爱岗敬业，是我们理智的抉择；
　　　顽强拼搏，是我们城投人的精神。
　　　停车场，
　　　相当于火车站对于工业时代的意义；
　　　停车场，
　　　是短暂的灵魂栖息地；
　　　停车场，
　　　是城市的庭院。

（女）这里，春夏秋冬，
　　　任梦想绵延；
（男）这里，春来秋往，
　　　看岁月峥嵘。
（合）这里，
　　　于尘烟中见明月，
　　　在繁华中享清宁。
　　　心，在停车场，
　　　一切不过是沿途的风景。

注释：
《人，诗意地栖居》是 19 世纪德国诗人荷尔德林的一首诗，他以一个诗人的直觉，意识到工业文明将使人类渐渐异化，因此他呼唤人们寻找回家的路。

2021 年 5 月 18 日于有荷居